回到17歲

命運、青春與勇氣的相遇

曾依達——著

這是個真實故事改編而成的小說，大部份故事情節是真實的，只有少部份是改編的。改編的部份大多是把我寫得比真實中的自己性格好一些、容貌帥一些、腦袋睿智一些。

序曲1

9月30日，星期日，晚上十點，米瓦餐館。

這城市竟似準備就寢，像個兒子媳婦帶著孫子們出遊當晚對著電視頻頻點頭的老太太。

火車站前的中正路上，只剩下一家二十四小時營業的清粥小菜店還開著，略微泛黃的白色招牌、陣陣的油香味、老闆翻動鐵鍋發出的鏗鏘聲，讓幾個匆匆趕路的學生及通勤族抬起頭來，投以飢渴的目光。

一棟婦產科醫院旁的燒烤店，攤前的客人不多。一個雙手抱胸，抬頭望著遠處不耐煩的閃光黃燈。一對年輕情侶，坐在機車上，各自低頭「滑」著自己的手機。最靠近攤子的是個爸爸帶著兩個年幼的孩子，孩子們好奇的注視老闆的一舉一動，將肉串翻面、塗上黑黑亮亮的醬汁、用小刀割劃著食材。手忙腳亂的老闆夫妻倆，如臨大敵一般，連額上的汗都不及伸手去揮，生怕這一抬手就會錯失最佳的火候，讓鮮美的食材喪失原本的風味。一輛白色的豐田休旅車停在距離燒烤攤不遠的路旁，一個打扮入時的年輕女子甩上車門，走向燒烤攤……

「來了。」話語聲將我的目光拉回。

順著同桌伙伴的手指望去，那是棟婦科醫院，大樓頂樓靠近馬路側房間的燈已熄。那是一棟綜合醫院，一樓是兒科，二樓是婦科，三樓是產房，五到七樓是病房，嬰兒室由原本的五樓移至了八樓，說是樓層越高越好管理，比較不會有病菌。

為什麼我會對這醫院這麼熟悉？因為，頂樓靠馬路側那個房間裡，剛剛才將燈熄了的傢伙，是我的高中死黨，也是醫院的副院長。

「住得最近的人總是最晚到。」坐在我對面的黑仔捻熄了煙，將煙灰缸順手放到了角落的盆栽邊。

我再將目光移回路邊的燒烤攤前，黑色的紗質上衣，緊窄的米色短裙，黑色的透光薄絲襪，米色的流蘇長靴，真美。

一台冒著青煙的破舊「小綿羊」減緩了行進速度，隔著馬路與我們遙望，騎士開始尋找停車位。眼見對街的停車格都已被佔據，騎士回頭確認來車，看來是準備回轉到馬路這邊來。

「今天，還有懸念喔！」我指了指對街的騎士。

序曲2

「怎麼又選在這裡？」小白氣喘吁吁的上樓，連手上的安全帽都還來不及放下。

「社長選的。」黑仔聳聳肩，表示不知道原因。

「不過，這裡還真是一點也沒變啊！」小白放下安全帽後，馬上從上衣的口袋中取出一把梳子，梳起頭來。

「喂，都四十歲了。」黑仔說。

「你不懂啦，他是怕頭上躲有蟑螂、蜘蛛一類的，不是愛漂亮啦！」我望向燒烤攤前，那「尤物」正提著一袋烤肉，往回走向白色的豐田車，好美的腰枝。

「去你的。」小白啐了我一口，手上的梳子卻沒有停下來。

「每次經過這，都想著：『下次有空一定要進來，重溫一下年少輕狂。』」黑仔抽出了一張餐巾紙，開始擦拭著桌上經典台灣啤酒的罐口。

「你變成一個好人了？連我們的都擦了。」小白故作驚訝的調侃。

「這些都是我要喝的。」揚起半邊眉毛。

「十罐唉。」我和小白同時脫口。

「我明天不用上班嘛！」黑仔無辜的說。

「你哪天是『必須』要上班的？」我和小白再次脫口，不過這次更多了些低吼的成份。

美容美髮系畢業的黑仔是個髮型設計師，歌唱得好，吉他彈得好。他總說自己的樂團紅不起來是因為「賣相」不佳。178公分的他，有著粗壯的體格，喜歡運動健身，黝黑的膚色，一頭不長不短的亂髮和山羊鬍，看起來像極了擂台上翻來滾去的摔角選手。

原本想當歌手的他，為了維持樂團的開銷，開始當起一對一的吉他家教。婚後，為了守住夢想，更多的在老婆開的美容院裡幫客人剪燙頭髮。樂團解散後，掛了個「店長」的名號。

「哪有那麼爽？」黑仔搖了搖手上的啤酒，遞給了我們。

樓下傳來腳步聲。

序曲3

「咦！我又是最後……」社長的話還沒說完，就被我們三人手中的啤酒噴了一身。

「黑仔買的，錢給他。」我指著黑仔。這是什麼時候開始的規矩，我們早已忘了。甚至，有時候，我們自己都會忘了有這個規矩，最後踏進聚會場所的人，要清當天所有的酒錢。

一次，我們去了法式料理主題的小餐酒館，那天的酒錢是壹萬肆千伍佰圓，我記得很清楚，因為那次是我付的。車子爆胎導致遲到，酒錢加上換車胎的錢，那晚的支出幾乎是我近半個月的薪水。還有一次，那是黑仔剛動完肩膀手術出院的那晚，我們滴酒不沾，那天晚上，酒錢是零圓。

「你們真是的，能喝的東西也拿來浪費！」社長一面以袖子拭去額上的啤酒，一面小心謹慎將左手脅下夾著的星巴克紙袋，輕輕的放在鐵網樣式的黑色桌面上。紙袋上剛噴上的啤酒漬印，正以一種詭譎的姿態向四方擴散，像是一隊即將被坑殺的士兵，在敵軍挖好的土坑裡，踩著同伴的身軀，拼命的想從坑中爬出來，卻力脫氣痿，慢慢的就趴在洞緣，一動也不動了！

社長是一般女性心目中的理想對像，每次聯誼時，女生總是最早指著他竊竊私語。他有182公分的強健體魄，深邃的五官輪廓，又有著客家人的堅毅精神。唯一讓人挑剔的就是那一頭卷卷毛毛的「鋼絲」頭了。

相處的前幾年，我們常為社長找些奇奇怪怪的綽號，但這些綽號都跟他絕緣似的，撐不過幾天。幾天後，我們又會開始叫他社長。

為什麼叫他社長？因為，高中初識時，我們參加了同一個社團。學校的場地不夠大，「足球人口」又不夠多，所以，社長他總是一個人在操場旁的石階邊，對著階梯踢球。然後，剛跟著黑仔學跑步的我，還有教我的黑仔，統統被「吸收」了。

「反正都要跑，踢足球也可以一直跑來跑去啊！」社長煞有其事的說。

「我總覺得被騙了，他不當醫生的話一定是詐騙集團的首腦級人物。」每次回憶起那次的相遇，黑仔總會抱怨。

那次之後，三人常在放學一起踢球。決定要創辦社團是即將升上高中二年級的暑假，而小白正是在那個時候加入的，加入社團，也加入「我們」，讓我們成了別人口中的「四胞胎」。

小白，人如其名，他的皮膚很白。細看他的皮膚時，可以看見他鮮紅的血管，不同於常人的血管因透過膚色而呈現紫色。身高約170公分，中分髮型，削瘦身形。唇紅齒白的他，總是戴著金框的圓眼鏡，斯文有氣質的假象，永遠是標準的書生扮相，數十年如一日，讓他很有女人緣，尤其是年輕女生。

「請問，如果加入足球社，社團活動的那兩節課，我可以坐在操場旁的樹下看書嗎？」小白在社團招生時，來到足球社的招生攤位前。

「這……」社長猶豫著。

「你去『圖書館利用社』就好了啊！」黑仔有些不耐煩。

「真有這種社？還是你唬我？」總是將選社交給黑仔處理的我，壓根沒關心過校內還有哪些社團。

「我喜歡書，可是不喜歡圖書館。」從小白的回答我得到了答案，竟然真有這種社團。

「這……」社長還在猶豫。

「好吧，你就加入吧！」我說。我覺得他很怪，而我喜歡怪人，怪人總是讓大家的生活充滿樂趣與驚奇。

「可是……」

「反正，招不滿十人，連社團都成立不了。」

「可是……」社長還在猶豫。

「他說得也對，加上他我們才收了8個人。」黑仔說。

小白就這樣加入了。一整年的社團時間，他都坐在樹下看書，偶爾抬頭看一下操場上揮汗如雨、頭頂腳踢的我們。

小白是個運動白痴？不，他的體育可好得很。當我們興奮的從學校教官的手上拿到全國五人制足球比賽的公文時，小白從不知所措的我們的手上接過了公文，也接過了該由指導老師及教練所做的一切。

因為社團成員才13人，掛名指導的社團老師連足球都沒踢過，更別說擁有專業的教練。小白一手包辦了報名、場地研究、詳細競賽規則的研讀，甚至是比賽的陣形安排及人員的調度。更難能可貴的是他竟然能讓全社的人馬在參加比賽的過程中，都服服貼貼的。最令我難忘的是八強戰，他在2比2的僵局下，將前鋒社長換下，取而代之的是一個速度較快但身體碰撞能力偏弱的一年級學弟，高壯的社長沒有多說話，只是沉默的坐在一旁。

沒想到，對方高壯的後衛開始對瘦學弟施壓，瘦學弟慢慢的退後到中場，前鋒往後退意味著進攻能力的降低，我卻看見小白的臉上有著欣喜的表情，再次不解的望向學弟時，發現他正在看著我。

「眼鏡！」黑仔將球傳給我時，學弟忽然跑離對方的後衛，直襲對方球門，那壯碩的後衛原本就轉身不靈活，一個重心不穩後，想再轉身回追，哪裡還來得及！不停球，我馬上將球一腳往前送，瘦學弟接到球後直接面對守門員，單刀進球。

五人制定足球沒有越位規範的，小白連這都清楚的計算進去了。

雖然隊友們都將功勞記在我的「妙傳」上，但只有瘦學弟和我才知道，最大的功臣是給出指令，布下陷阱的小白。

他們都叫我眼鏡，因為我總是戴著厚厚的眼鏡。然而，鏡片再厚也濾不掉我眼中所透露出的悲劇性人格成份。從小數理成績比較好的我竟然在高一時，一頭栽進文學的池水中，一心只想著要當作家。高一下學期，更從自然組轉到了社會組，一路往文學邁進。

「我可以當國文老師，空閒的時候才寫我想寫的東西。」我總是這樣告訴爸媽，告訴別人。爸媽認同了，我才能選「國文系」；別人認同了，我才能安心的讀國文系。我所有的投稿都石沉大海，然而，開始在學校任教後，指導學生寫作，學生的作品卻屢屢獲獎。在某個夜闌人靜的夜晚，忽然發現常笑李白為撈月失足溺水的我，不也為了一輪虛幻的映月而失足跌落了一池「難以言喻的什麼」之中嗎？

另一定失足，是在三十歲那年，未婚妻在結婚前夕因車禍意外而過世。

還會有人愛我嗎？下一個會更好嗎？大學一年級，相識之初，是未婚妻主動追我的，說她是天上掉下來的禮物真是再貼切不過了。

再也提不起勇氣重新戀愛的我，甚至是再也提不起勇氣追求女性的我，總是告訴別人，我深愛著已逝的未婚妻，別人認同了，我才能安心的逃避。

我想，最不能認同我的人，就是我自己！

序曲4

「喂，別這樣啦，都說幾次了！」我不耐煩的說。

黑仔總是喜歡把煙捻在盆栽的土裡，雖然知道這對植物不會造成影響，但我的心裡就是不舒服。

這店裡，二樓的小露台上，桌上，地上，所有的盆栽都是我帶來的。例如桌上的這兩盆白線網紋草，就是今年教師節時，學生送給我的。角落那兩盆石蓮花，原是學生們在做完生物課的觀察實驗後，隨手將一瓣葉片丟在我辦公桌上的小咖啡樹盆栽裡的，沒想到它們竟然越長越好，在它們即將喧賓奪主之際，我給了他們新家，然後就隨手帶來這裡了。靠馬路的鐵欄杆上，擺了一排的「綠鑽」，很美的名字吧！其實，那就是火龍果的幼苗，我買了一小包的種子，想在辦公室的桌上擺個兩盆，沒想到，小小的紙袋內，竟然有著1000顆種子，我只好硬著頭皮，完成了20個盆栽，在他們發芽之際，分送給願意領收的同事後，剩下的10盆就被我分了5次帶到這裡來。鐵欄杆上還吊有武竹、天竹葵，窄窄的角落裡佇著一年四季都會開花的長壽花，臥著一年有三季開花的松葉牡丹。

老闆喜歡花花草草，卻不喜歡照顧，所以我帶到這邊的大多是耐旱的植物，他兩三天甚至一個星期澆一次水，我來吃飯時偶爾擺弄一下植物，這個陽台就成了一個奇異的存在，一個老闆與熟客共擁的「空中花園」。

初識這家小店的契機，是常和女生混在一起的小白隨口提起的。

「瑩綺說車站附近有家特別的小店，老闆滿有趣的。」小白在練球快結束的時候提議。

「賣什麼的小店？」黑仔邊收球邊問。

「漢堡和咖啡。」小白接過了黑仔手上球中一隻球袋。

「好吃嗎？」

「我怎麼知道？我又還沒吃過。」

第一次進米瓦，我們就喜歡上那裡了。

它的招牌小到不行，比A4紙張小一點，比B5紙張大一些。在附近繞了好一陣後，才發現我們早已從店門前經過好幾次。

它「嵌」在一家鞋店的停車場和一家日本料理店間，整家店的格局是個小小的直角三角形，斜邊緊靠著四線道的中山路，大門位在斜邊的中點上。落地窗外，有兩張圓桌，桌上各插著支半舊不新的大陽傘，僅隔著幾個橫躺的空心磚，再往外就是機車呼嘯而過的馬路。推開門，就看見佔據了整個直角的備餐吧臺。

站在吧台邊，由辣妹老闆娘手上接過菜單上的我們分工十分默契，黑仔專心的分析菜單，高中生嘛，總要用最少的餐費換到最多的「卡路里」。社長先去「探探廁所是否乾淨」，他是最不願勉強自己的人，總是嚷嚷著憋尿對身體有多少害處。小白忙著看看店裡有沒有「妹妹」。我則是負責選定座位的人，選個不容易吵到別人又能觀察店內所有客人的位子是很重要的。

一進門面就「撞」見吧台，左方是一大片的落地窗，窗邊釘有一排木板桌，再加上一架長板凳，可容四人並排而坐，但椅子和吧臺之間的距離極近，聊天時聲量必須降低。店中央，吧臺旁，是通往二樓的旋梯，再往右看，一眼就望見了樓梯後面的主座位區。走進座位區，左手邊有面書牆，牆上掛了台冷氣，冷氣下是一個圓形的木桌。右手邊，嚴格說起來算是「店外」，那是由往店外延伸出去的遮雨棚，再加上三面半透明塑膠布所圍起來的一個空間。這個空間裡勉強可塞入兩架方型的餐桌，各有三張餐椅。塑膠布外就是馬路邊的停車格，風大時，塑膠布隨風鼓動著，發出啪搭啪搭的聲音。

「樓上，有個露台。」上完廁所的社長興奮的說。

一道極窄極傾斜的旋梯，通往二樓。步上二樓，右手邊是廁所，正前方是一個小儲藏室，為了不讓小店內充滿油煙味，需要油炸或煎烤的食物也是在這裡進行烹調的。左手邊是扇鋁門，出了鋁門有個小小的三角形露台，它位在直角三角形的「斜邊」和「較長的股」所夾成的角。

從那次之後，這個露台就成了我們高中時期最常「泡」著的地方。

每次「泡」到晚上十點營業結束，每次幫老闆關燈關窗推桌搬椅，成為最後一批離店的客人時，我總會在街道的轉角處回望，回望這已打烊的店舖，只剩一樓櫃台處小小的一盞20瓦的黃燈。

這店，像極冰箱深處，在眾多食材及生鮮蔬果後面，一塊被遺忘的八分之一切的黑森林蛋糕。

序曲5

「怎麼又約回這裡？」四人坐定後，小白又問了一次。

我和黑仔聳聳肩，一齊望向社長。

高中畢業後，只要返鄉，我們就約到這裡來聚餐。一來是這裡場地好，我們夏天不怕熱、冬天不怕冷。不如這樣說好了，年輕人總能享受夏天的熱、冬天的冷。二來是視野良好，讀書累了、聊天倦了，下面有一整條街的「故事」任我們翻閱。

最後一點是最重要的，在這裡，我們不用擔心會影響到別人，也不用擔心會被人注視著，在這裡，我們可以做回「自己」。

那年，我從師範大學畢業，開始實習，社長還在南部唸醫學院大五，小白法律系畢業，留在北部準備國考，黑仔的樂團正在做最後的掙扎，出道或是解散。在那一年裡，整整的一年，我們都無法碰面。等到我教育實習完畢，小白通過國考，黑仔樂團解散，我們才湊出了一次見面的時間，因為，我們三人要去當兵了。

理所當然，升上醫學院六年級的社長要主辦這次的聚會，也是在米瓦。名義上要歡送我們去當兵，事實上，只是一群準大頭兵聚在一起，藉酒澆愁。

之後，店裡也改變不少，我們也改變不少。社長畢業的那次聚會，一進米瓦店門的我們赫然發現老闆娘也換人了，老闆苦笑的說：「個性不適合。」

雖然我們總是叫她老闆娘，但他們只是男女朋友關係。

就業後，大家收入穩定了，慢慢的把生活重心移回家鄉來，30歲的那年，我們忽然驚覺「四人竟然已經交往十三年了。」

從那時起，我們每個月至少「正式聚會」一次。我們很堅持，所以老婆家人們也都能體諒（或是讓步）。聚會的場地開始變換，每次負責的人總要「挖」些有趣的地方出來。酒吧、夜店、小酒館、景觀咖啡廳、百元熱炒店、鵝肉擔、運動餐廳、海邊堤防等，甚至連便利商店都去過。

二年了吧，沒在這裡辦「正式聚會」了。有時，隨興的小聚會，四人不知到那去聚聚的時候，才會選在這裡。

我倒是常來這裡，這在上下班的路徑上，時間許可，會過來吃吃晚餐，一客美式漢堡餐加上一份薯條，一杯熱美式咖啡加上一塊手工蛋糕，就能讓食量小又嗜甜的我感到滿足。

社長也常來這裡，不過是中午時間居多，因為他的醫院距離這裡不到50公尺。他總是利用中午的休診時間，脫下白袍，直奔這裡，然後在這裡耗盡午休時間，才回到醫院去。他的小孩也喜歡這裡，但真誼不讓他帶小孩來，說垃圾食物對小孩不好。

黑仔的小孩還小，老三剛上小學，老四5歲，正唸幼稚園小班，使得我們正面臨「聚會困難」。

「小女兒睡了黑仔才能出門，不能去太遠，就只有這裡了。」社長如此解釋。

「老闆去買燒烤了。」我指著對街的燒烤店。

「燒烤攤老闆是瑞克的弟弟。」社長說。瑞克是米瓦的老闆，年紀只比我們大5歲，大學畢業就開了店。

「終於，店裡又只剩我們了。」小白興奮的說。

社長熄了露台的燈，我們開始了一貫的「儀式」，聚會開始前，四人一起，沉默10分鐘。

露台上的聲音忽然變多了，汽車引擎聲、路人的話音、喇叭聲、機車的方向燈聲、狗吠聲、風聲、路人的談話聲、貨車鐵門上栓聲……大家偶爾望著對方、望著遠方、望著桌面、望著地板，猜著、感受著桌上其他人的感受，然後，我們才開口，聚會才算開始。

主調1

忘了是哪一年。

應該是高二，還是高三呢？懶得等門的老闆拋給了社長一串鑰匙。

「走的時候幫我鎖好。」

從那之後，我們就常在米瓦待到深夜。小白的家人不太管他，他常在露台睡著，三更半夜醒來才急急忙忙騎鐵馬回家。有了收入後，我們終於有機會回饋瑞克對我們的信任，四人向他說了謝謝，並一起出錢幫店裡裝了一套簡易的保全系統。

「不用啦，誰會來偷。」瑞克嘴裡這樣說，但眼睛卻有一些不爭氣。幾個大男人的手握在一起，現在回想起來，感覺還真是……特別。

「這次選這裡，是有原因的。」社長開口，10分鐘的時間總是由他來計時。好奇的我們有默契的不出言打斷。

「我上個月出國義診……」

「你帶回來的錫蘭紅茶，我已經泡了一半了。」黑仔搶著說。

「我在斯里蘭卡時，認識了一個日本醫生。」社長小心翼翼的從紙袋中拿出一項物件。

那是個手掌大小的法器。由社長謹慎的模樣和它陳舊的外表，第一直覺告訴我們：不要隨意的玩笑批評。

「他給了我這個『十字五股金剛杵』。」

「無古？」小白疑惑的重覆道。我和黑仔則是看得出神了。

「是五股。中間這的道軸心，再加上外面這四股。」社長指著其中一個分端上的四道呈現弧狀的尖刃。

那個件黝黑的法器，有點像是十字架，不同的是，他的四個分端是等長的。每個分端上都有一根圓錐狀的軸心向外延展，圓錐的根部分出四道尖刃，向外輻射而出後，順著弧度，完美的聚合在錐狀軸心的尖端處。整件法器上有著無數的擦痕與刮痕，卻難掩法器表面那抹濃重的光亮感。

「我可以看看嗎？」黑仔由社長的手上接過法器，翻轉來，翻轉去。

「它有特殊的超自然力量！」我們同時驚異的看向社長，這句話是我們三人正等待著的，卻也都覺得是最不可能的答案。這樣「迷信」的話竟然由一個醫生的口中說出。

「什麼力量？」身為檢察官的小白，彷彿嗅到獵物一般，嚴肅了起來。

「讓人回到十七歲的力量。」又是一句令人匪夷所思的話。

「十七歲？是指我們可以回到十七歲那年？」黑仔將手上的法器傳過來。

那件法器，出奇的沉。湊近一瞧，每個稜角，都打造得那麼完美，是件作工精細的作品。觸手溫潤，比較像是軟玉的質地。看不出所以然來的我，把它傳給小白。

「不，嚴格來說，是讓我們的身體變回十七歲的身體，期限一個月。」社長說。

「那這有什麼用處呢？」黑仔問完，和大家一起陷入沉思。

「所以，我才想聽聽你們的看法。」

「不會惹禍上身吧？」我望著社長，怕聽到不好的答案。

「應該不會，那位日本醫生說，不管我們是否用了它的力量，只要將它傳給下一個願意接手的人就可以了。」

「下一個願意接手的人？」小白問。

「嗯，告知他力量和規則，他如果願意，就可以交接給他。」

「規則？」小白發揮了平時問案的功力，我和黑仔則是既好奇又緊張的聽著。

「嗯，第一，知道這法器功用的人，除了要交接出去之外，不能向任何人提起。」

「那，你如何問對方是否接受這法器？如果你告訴了他，他不肯接受怎麼辦？」小白問出了我心中的疑惑。

「嗯，所以，在告訴對方之前，要先讓他立誓，要求他不可以將這件事說出去。」

「那我們呢？」黑仔問。

「你們？我還要問你們立不立誓嗎？」社長受傷的看著黑仔，又看向我和小白，我們卻沒有要接話的意思。

「天啊！」社長仰頭嘆了一聲，如果他平時這麼做，一定會被我們取笑，說他的「戲胞」太過發達。

「對不起，我以為……我以為……」良久，社長低聲的說。

「你不要難過，不要覺得我們不肯跟你同進退、共甘苦。你冷靜想想，我們沒把你們當成瘋子，而且相信你所說的每一句話，這份交情和了解，已經很了不起了。」我安慰社長。

「這是件大事，你看看那麼多離奇死亡及失蹤的案件，什麼埃及的木乃衣詛咒、古墓乾屍的復仇，什麼古文明的災禍、古帝國的害人的什麼的……」黑仔已經有點語無倫次了。

「我是寧可信其有，不可信其無。」我說。

「我也是。」

「再一票。」

「既然你們都相信，為什麼不聽我說完？反正不要說出去就行。」社長飲盡手上的啤酒。

「保守住祕密不是件容易的事啊！」小白說！

「也沒你想像的那麼難！上次去夜店，那兩個辣妹挨著我們跳貼身舞的事，你跟你老婆說了嗎？」黑仔對著小白說。

「沒有。」小白低頭啜了一口啤酒，接著是一陣沉默。

「說說看吧！」小白打破沉默的機會總是抓得很好。

「立誓不說的人，才能聽到法器的法力效果。如果立誓不說又說了出去，會有不好的事發生。」

「不好的事？」我問。

「看吧，我就說吧！」黑仔抱怨，他彷彿想起古墓裡的乾屍，打了個哆嗦。

「第二，想要施法必須有四個人，這四個人不能將此事透露給別人知道。」

二、三、四。」黑仔故意的數了數在座的人數。

「沒錯，我就是想到我們是『鐵打的』交情，才會同意接手這件法器。我們討論完，就算不使用，也一定能保密。就算使用了，也一定能互相幫助，處理好後續的事宜。」社長激動的說。

「後續的事宜？」小白敏銳的嗅覺又發動了，我完全沒注意到這個詞彙。

「第三，四個一同施法的人，可以選擇放棄現在的人生，永遠變成十七歲的少年，重新再過一次人生。」社長竟能冷靜的說出這種近乎荒謬的事，令我有些不寒而慄，十月初的晚風，已讓人覺得有些寒意了嗎？

「如果有人說出去呢？例如我抵擋不住你那院長夫人的追問，把事說出來了呢？」黑仔的神經線看來已被繃緊到極限了。

社長搖搖頭，不說話。

「大概就是被『滅口』之類的吧！」我說。

「死於車禍之類的嗎？」小白幽幽的說。

又是一陣沉默。啤酒正被快速的消耗著，大家都不再說話，直到……

「鐺」的一聲爆響，我們吃驚的看著用法器敲擊桌緣的小白。

「今天就到這裡，散會。」小白生氣的將法器塞回社長手裡，轉身下樓了。

收拾完露台的三人，下樓來，就看見小白手足無措的站在櫃台前。

他的皮膚很白，但是，那天晚上，我們三人都可以輕易的分辨出來，他的臉已變得慘白。

「怎麼了？」黑仔問。

在小白提起手來指著窗外之前，我們已經注意到窗外的那一團火光。小白的摩托車正被青、黃交雜的火舌貪婪的吞噬著。

「我將車牽到路上，然後按下發動鈕，然後我就聞到一陣焦臭味，然後我就下車檢查，然後就……」小白雙眼無神，餘悸猶存的說著。

我忘了小白是否有把話說完，但，那時，法器敲擊桌子發出的「鐺」響聲和「死於車禍之類的嗎？」那句話盤旋在我的耳裡、充斥在我的腦海。

主調2

10月5日，星期五，下午9點50分，法院。

我比預計的早到，下了車，踱進燈火依然通明的建築。

這裡的每個人都低著頭走，眼光不離開手上的文件，昏黃的燈光似乎讓他們為了看文件，而把頭壓得更低。

10點了，我撥電話。

「我馬上就下來。」電話的另一頭傳來。

約莫10分鐘後，一個我不熟悉的小白出現在眼前。有點寬鬆的西裝，雖不至於令人感到邋遢，但，就是令人覺得沒精打采，缺乏幹勁的感覺，活像一副便宜的免洗筷，罩著皺巴巴的、髒兮兮的膠套。頭髮也沒有整理，任由他軟細的髮絲直直癱軟的向四面披垂，瀏海遮住了眉毛，探向了眼睛，覆住了眼鏡上的金框。

上次見他這樣是什麼時候？我忘了。高中？還是大學？

「再等我一下，抱歉。」他抱著一紙箱的資料從我身邊衝過時，丟下了這句話。

上車前，小白到廁所換上了一條DISEL的黑色牛仔褲和一件ARMARNI的黑色長袖針織衫。上車後，馬上從公事包裡摸出一罐髮蠟，不知怎麼的，我竟然感到一陣莫名的安心感，小白就是小白。他將後視鏡轉向了自己，開始進行頭髮的「庭園造景」。

「車呢？」

「報廢了。」

「真是倒霉。」話一脫口，我就後悔了。兩人沉默了一會兒，我開著車，小白撥弄著頭髮。但是，我們都知道彼此心中在想著什麼，沒錯，就是那黑色的法器。是小白的不敬，導致它降下災禍嗎？只不過拿它敲了一下桌子，就換來殺身之禍嗎？是小白逃得快，還是它只是想嚇嚇小白？也有可能只是小白的古董小綿羊單純的電線走火。但偏偏就在這一天，也未免太巧了吧？

「車行老闆說，我算運氣好的，他上次見過一個，連褲管都著火了，左腳小腿一度灼傷。」小白丟下這句話，就不再說話了。

一下車，就聽見店裡傾瀉出輕快的流行歌曲，是火星人布魯諾的新專輯。我抬頭瞄了一下露台，沒有人。

「今天是威士忌。」黑仔從櫃台後探出頭來，在他身後，社長正埋頭苦幹，刀刃敲擊砧板的篤篤聲響，讓我口水直流。

這裡，我必須解釋一下。還記得俄國醫生巴布洛夫的反射像件實驗嗎？他讓小狗在吃東西的時候，聽節拍器的聲音，一段時間之後，小狗聽到節拍器的聲音時，就會自然的聯想到食物，唾線就會反射式的分泌唾液。

社長的爸媽是傳統的客家人，勤儉持家。社長的媽媽除了持家有方外，醃漬手法更是超凡入聖。而社長的老婆和小孩早就吃膩了。所以，只要老家寄來的東西，社長總會帶來和我們分享。嗜吃醃漬物的我知道，只要社長動刀，一定是他老家寄來了東西。

人啊，都像那隻聽著節拍器的狗，被某些事物制約了。

「今天算我的，眼鏡去載我的。」小白說，因為我們兩人最晚到。

「不算誰的，今天大家攤。」社長忽然冒出這句話。

我們吃驚的抬起頭，社長依舊埋頭，篤篤聲不斷。這話的意思是「我們沒那麼深的交情，要分清楚一點」。

我瞄了一眼小白，他原本因驚訝而張大的雙眼，隨著眉頭皺起而瞇成了一道隙縫，隨時會迸出熔岩的火山裂隙。

「好啊，這樣也好，每次的負擔都小一點。」黑仔打圓場。

小白一言不發，上了樓，我也趕緊跟了上去。

主調3

什麼是美食呢？

我用第一筆領到的年終獎金，去了北海道，自由行的第二天，在轉了一整個上午的車後，終於找雜誌上的那家老店。饑腸轆轆的我夾起麵，一入口，媽呀，好硬，這麵是不是沒熟？再喝一口湯，天啊，又鹹又膩。這不是網路上、雜誌上獲得一致好評的老店嗎？是我走錯了？還是品質嚴重下滑？

接近用餐時段。看著店外排隊的人龍越來越長，看著店內的客人們吃得津津有味，連湯都喝得一乾二淨，甚至意猶未盡的舔了湯瓢和筷子。

「吃不慣，是嗎？」這帶著北京腔的國語，讓我疾風般的轉過頭，四下尋找聲音的主人。眼前四個穿著短掛的店員，都低頭忙著自己的工作。一個專心的切著蔥花、一個忙著將各種配料作畫般的擺到碗裡的湯麵上、一個盯著煮麵鍋上的計時器、一個一派悠閒的輕攪著大湯鍋。

「覺得麵太硬、湯太鹹，是嗎？」擺配料的那人抽空抬起了頭，對我笑了一下，手上的動作絲毫沒有減慢。

他是北京人，來日本學藝，打算回北京開家正宗的日本拉麵店。他告訴我，日本人喜歡吃這樣的拉麵，要Q硬，要濃郁。若要吃到合口味的拉麵，應該要盡量找靠近觀光景點的麵店。

「那些麵店有為觀光客調過口味，比較適合中國人吃。」他低聲的告訴我。

所以，我覺得美食不在店家的名氣，能讓人感到幸福的食物，就是美食。

所以，一個人的美食，往往不見得是另一個人的美食。

現在，我就享受著美食。一邊啜飲著噶瑪蘭威士忌，一邊吃著風味十足的客家醃肉。早期沒冰箱，製作臘肉是為了防腐，常用了大量的鹽巴，風乾也力求確實，臘肉總是又乾又硬又鹹。現在，製作臘肉是為了美味，所以除了鹽巴外，又放入了胡椒、醬油、米酒等，甚至有人不惜重資使用了陳年紹興酒，且戶戶有冰箱，鹽巴的使用量也大大的降低。

社長家的醃肉，一年比一年好吃。今年的醃肉，入口後齒頰留香，瘦肉的部份有嚼勁，在牙齒和牙齒的交相逼迫下，滲出了充滿鹹香的肉汁。那肥肉的部份則一點脾氣也沒有的在口中化開，舌頭頂往上顎，半透明的肉塊便化成滑膩的油脂。

又香又甜的國產威士忌，沖洗著味蕾，讓口中的鹹膩歸零，我又夾起了一塊豬肉。這麼好的飲料和食物，應該能讓人敞開胸懷的暢飲、暢談，只可惜一開始的氣氛就不對。

「金車的威士忌最近很出名。」黑仔試著找話題。

「是啊，好像拿了不少大獎。」社長接口。

「所以，喝這個就是愛台灣啦！」黑仔舉起了酒杯。

「這是護短，不是嗎？」小白冷冷的說。

「護短？」

「口口聲聲都是愛台灣的人，最會護短了，不是嗎？」大家都聽得出來小白想找人吵架。

「進口車的高關稅，說是要保護國內汽車產業；把王建民、曾雅妮捧成台灣之光；弄來了MIT微笑標章，讓大家可以容易的選擇台灣產品。這不都是護短嗎？」沒人接話，小白繼續開炮。

「這有什麼關聯？」黑仔是王建民的「鐵粉」。

「如果這些人和物都那麼有競爭力，何必要這樣保護他們？」小白將酒杯重重的放在桌上。

「我們何時保護過王建民和曾雅妮了？」黑仔也有點激動了。

「嘿，這豬肉好吃到我一看見就會流口水，打從剛才聽見社長切肉的聲音，口水就不住的流下來……」我將剛才那反射動作之一類的理論重新搬出來，雖然知道那簡單的東西在小學課本就已經出現過，不過，一長串的廢話的確使場面稍稍和緩。

「其實，我覺得自己也有點像那條狗。」社長沒頭沒腦的冒出這句話。

「我也這麼覺得。」我鬆了一口氣，終於把話題引開了。

「哪裡像？」黑仔不解的問。

「都被制約了。」

「你？什麼跟什麼？」黑仔一臉不耐煩。

「我，聽了那個法器之後，第一個想到的就是你們。你們是我最要好的朋友，好到連這個星期和老婆做愛幾次、最近愛用哪些姿勢都可以拿出來聊。連那個都聊了，還有什麼不能聊？」

「所以，你不問我們就幫我們做決定了？」小白瞪著社長。

「做決定？」

「對啊，你沒有問我們想不想聽。」黑仔說。

「連你也……還記得嗎？那天是你叫我說說看的。」社長從拿酒杯的手上伸出食指，指著小白。

「你沒有先告訴我們危險性。」小白提高了音量。

「危險性？」

「我差點被燒死。」小白站了起來。

終於來了，這個星期大家避而不談的話題。

上個星期五深夜，我們四人看「欣賞」著小白的「小綿羊」燒個精光，警察才姍姍來遲，小白認識的機車行老闆都比警察還早到一些。

員警找小白做了簡單的筆錄就離開了，小白看著車子被吊走後，搭我的車回家，一路上我們都沒有說話。小白住在市郊的一個高級社區，每棟都是透天厝，房子前面可停3輛車，右邊是小花圃，左邊是個小運動場地，住戶間的隱私非常夠。

這裡住的大多是有頭有臉的醫生、律師一類的。這樣充滿歐式風格的建築前，停了一輛老舊的白色喜美車，那是小白的車，另一輛嶄新的紅色福斯POLO則是他太太的新車。

「你怎麼不換一輛？」我問。

「太麻煩，車能動就好。」下車後，他向我揮揮手。

將車迴轉，看見他還在家門口掏鑰匙的時候，客廳的燈就已經亮起來了，看來他的太太還在等門，發生這樣的意外，很令她擔心吧！

育瑩是個音樂老師，兩人是在一場演唱會上認識的，那場演唱會四人都有去。因塞車而遲到社長、黑仔和我三人，匆匆趕到時，發現小白這個堅持搭客運的傢伙，正從容的和坐在身旁的美女開心的聊著天。

郎才女貌的這對，年紀相差一歲，興趣相近，都喜歡古典樂，都喜愛運動，是人人稱羨的佳偶，但，膝下無子。

在聽慣了「怎麼會這樣？」「放輕鬆啦，小孩會在意想不到的時候來。」這一類型的安慰話語之後，小白漸漸麻痺。試多了「我聽說只要……」「我認識的那個……本來也是生不出小孩，後來他們……」這一類的偏方之後，夫妻漸漸的失去了動力、失去了希望。

「我已經完全不抱持期望了，老婆的肚皮還是沒有動靜。」小白在36歲的生日那天說出這樣的醉話。

反觀夫妻常吵個不停的黑仔，大家都勸他不要再生了，這樣會無法好好教養小孩。

「教養小孩是很花錢的，不能好好教養還不如不要生。」

黑仔去年又生了一個。總共四個，都是女生。

「你是要拼男的，是嗎？」我問。

「不是啦，就……」

「不小心？」社長接了這一句。

我們都爆笑出聲，但我似乎瞥見小白眉宇間的那絲落寞。

四年又過去了，小白夫妻依然沒有小孩。我按下車窗，看著小白走進家門後，將公事包遞給妻子，他的妻子也禮貌的向我揮手致意。

爆竹般的語調與煙硝味，將我的思緒拉回現場。

「這樣還不夠危險嗎？」小白的音量已提高到接近破口大罵的臨界值。

「你的意思是……」社長一時找不到措詞。

「是，是那法器害的。」聽到這話，我們都不禁倒抽一口氣。

對於這種奇幻神祕的力量，大家總會帶著一種不可冒犯的尊敬，甚至近於神經質的小心翼翼。

「你相信？」

「不相信我為什麼要那麼生氣？」

「相信還拿它來敲桌子？」

「我……以為那是兩回事。」

「兩回事？」黑仔插嘴了。

「我相信它有力量，但不覺得它有『人格』。」小白坐了下來。

「人格？是像人一樣的個性嗎？」黑仔接著問。

「你怎麼知道打造這法器的神靈是不是正在看著你？」黑仔一副理所當然的說。

小白沉默不語，拿起了桌上的酒杯。

「別扯遠了，問題在相信不相信上。」我說。

「也許這只是巧合，你的車也那麼舊了。」社長分析道。

我們三人望向社長，臉上盡是狐疑神色。

「喂，怎麼回事？你自己不相信嗎？」黑仔心直口快。

「這是在整我們嗎？」我也覺得不太愉快。

只有小白不說話，他應該也幫著罵兩句的。

「我只是覺得，是真的也好，是假的也好，我都想和你們分享，就這樣，真的。」社長慢慢的說，卻不望向我們任何一人，只是盯著桌上的豬肉。

「怎麼突然感性起來，怪不自在的。」我笑了。

「三八兄弟。」黑仔口操台語，手已揮向社長的頭，社長低頭躲過。

「我不知道它會這麼危險，其實，我自己也不知道該不該相信。沒想到，你們竟然比我還要相信，我……心情好複雜。」

「所以，你是在笑我們容易上當囉？」黑仔這次站起來，賞給了社長一記「爆栗」。

「我早知你沒這個膽子。」小白的這句挖苦，算是和解了。

那天，接近凌晨，誰也沒再提起法器的事，就是閒聊扯淡。至於剩下的鹹豬肉，通通被我給打包回家了，畢竟，這比冷凍的微波食品好吃上一百倍。

主調4

10月10日，星期三，9點57分。這個月的正式聚會選在天橋燒烤店。

天橋燒烤店開在四線道的外環道旁，一座白色的天橋邊，呼嘯而過的車子帶來了一陣陣的涼風。這年也真怪，到了十二月份，薄長袖才剛始被大家從衣櫃裡翻找出來，看來全球暖化不是一場騙局。

日式燒烤風味的店面，日式的裝潢風格。深色的木材，搭成一座長長的風雨棚，紅色的燈籠懸掛在屋簷，燈籠上寫著店名，搖啊晃啊，好像在幫老闆招引客人。

盤價在三百元左右，不能算是平價。先送到的是生啤酒，黑仔先灌了一大口，而我，必須忍住，因為我的胃一向不好。

「又是他們兩個，小白還沒買機車？今天他怎麼來？」黑仔看著菜單說。

「我有問他啊，他說要自己開車來。」我的目光停留在一個年輕的店員身上，她穿著合身的牛仔褲，短版的上衣，腰間不時露出迷人的一截粉白肌膚。

「來了……哈……是『小白』。」黑仔笑著說。小白剛找到工作就買了台「喜美」，而且是白色的，所以黑仔總會打趣說「小白開小白」，說了十四年還不膩，可能是因為小白實在是太少開車了吧！

「我還是不喜歡開車，覺得很危險，有那麼多死角，你們怎麼能忽視？」小白一坐下就開始抱怨。

「你的運動細胞真特別，獨獨缺席開車這一項。」黑仔又喝了一口啤酒，看得我好羨慕。

「我不是開不好，只是不喜歡，更何況要照顧車實在太麻煩了。」小白招來了那個青春無敵的店員，我不客氣的「欣賞」著那緊緊繃著丹寧褲的腿，兩根渾圓大腿間的那道縫隙，啊，多麼的撩人，於是，我終於忍不住的「配」了一大口冰啤酒。

第一盤來的是醬烤雞肉串，盤上擺著六串金色的雞肉串，上頭的褐色醬汁還兀自的往下流。我伸手攫了一串，馬上咬了一口，黑仔卻對肉串上的蔥段投以研究的目光。小白看著我，笑著說：

「每次都是黑仔點菜，說要點這個、點那個的，說是那個好吃、這個美味，怎麼每次上菜，都是眼鏡最積極？」小白挖苦我。

「你眼力不錯，一下子就看出美食家和餓死鬼之間的差異。」黑仔用肉串來回的比著他和我，肉串上的飛甩出兩、三點醬汁，黑亮的醬汁甫落桌面，就被吸進老舊桌面的木紋縫中。

「我啊，是因為胃不好，平時只能清淡，家中只有『冰先生』和『微太太』肯照顧我，一個人又很難上餐館，自己一個人坐在店裡吃美食，不會很怪嗎？所以……」

「又是我最慢。」社長將一個nike背包放在一旁的地上。

「髒死了，放這裡啦。」小白從後面那桌拉來一張空椅。

「反正現在是Go-dutch了。」黑仔挑眉。

「嗯。」黑色背包裡露出白袍一角，像個貪婪的怪獸伸出滑膩的長舌，社長正將它壓回背包內。

這次是每個月的例行會聚，一貫的儀式，沉默10分鐘。

聽見，划酒拳的聲音、碰杯的聲音、呼嘯而過的車聲、冰箱門開關的聲音、燒烤食物的滋滋聲、木炭的嗶剝聲、冰櫃壓縮機聲、吊扇搖晃的嘰拐聲、冰塊熔化敲撞杯壁聲……

社長用筷子拄了拄桌子，將筷子對齊後，伸向鹽烤杏鮑菇。筷上的杏鮑菇冒出金黃湯汁，蘸了白胡椒粉、紅辣椒粉，送入口中。這表示十分鐘的「儀式」結束了。

沉默的十分鐘只許喝飲料，不能吃東西，這奇怪的默契不知從何時開始的。可以喝湯嗎？我也不知道，沒人這麼做過，也沒人問過或者討論過，反正大家不會想在享受「儀式」的過程中，「呼嚕呼嚕」的喝湯就是了。

我左手拿了支多汁的肉串，右手閃電般的夾了兩塊杏鮑菇，直接塞進了嘴裡。

「你看看，我就說他是個餓死鬼。」黑仔用筷子指著我，難民般的我則沒空回嘴，將肉串放進嘴，感受肉汁與醬汁的交融。

「你們有看今天早上的國慶日升旗轉播嗎？」社長問。

「那東西，不是每年都一樣嗎？」黑仔訕訕的回答。

「我啊，每次聽他們的演講，都會想笑，所以，每年都不會錯過，萬一那天睡太晚，我就會上網看重播。」小白將空的啤酒杯往我這一推，示意由我來幫他要酒。

「就是啊，有趣的很。」社長也將空杯推給我，我向那「露腰女孩」打了手勢。

「哪裡有趣啊？不就是一堆『天祐吾邦』之類的屁話嗎？」黑仔皺眉，當黑仔皺眉時，就是他在用心思考的時候，雖然這種時候不多。

「我賭她不給。」黑仔對著我說。

「我喝那麼快是為了你，別辜負了我！」小白低聲的說。

「露腰女孩」來到了我身旁，看著我桌上的三只空杯，問道：

「一樣嗎？」

「嗯……」我遲疑了一下，剛才所打好的腹稿全絞成了一團。然後，就在我欣賞著她正準備揚長而去的身影時，小白說話了：

「小姐，不好意思，我朋友想認識你，可以跟你要電話嗎？」

「露腰小姐」看了我一眼，嘴角微微上揚，揚起了一陣「輕視」的沙塵暴，越過彷彿降到冰點的空氣，鋪天蓋地的向我襲來，我的心，增添了無數的傷痕。她俐落的轉身，離去。

「哈哈，你看吧！」黑仔大笑，社長則是同情的看著我，而我則無奈的看著小白。

我的初戀就成了我的未婚妻，我一直覺得很幸運。某次，醉後高談闊論的我，好為人師，對這情路坎坷的三人說起大道理，不外是「要互相包容、不要那麼追求完美」之類的話。這三顆「頑石」，不點頭就算了，還聯手糗我。

「你是運氣好，那麼好的女孩還『倒追』你，如果要你自己去追人，我看啊，我們四個裡面，你是戰力最低的。」

果然，在好幾次的實驗中，我的成功機率低得可憐。

未婚妻去世後，我更提不起勇氣，也提不起興致，因為，要再找一個比之前更好的、更了解、更包容我的人，實在太難了。

從那之後，他們總會幫我物色對象，希望我能快點找到對的人。

「諾，酒來了。」我抬起頭，看到的卻是另一個女孩，爆爆的米粉頭、艷紅色的唇膏如指甲，那唇誇張的艷紅，遠在我小時候就已漸漸淡出流行隊伍，難道現在又重新流行起來了嗎？她將三杯酒一口氣的放在桌上，發出了震耳欲聾的聲響，然後從口袋裡掏出一塊海尼根的紙杯墊，擺在我面前的桌上，轉身離去。

「為什麼杯墊只給你？」黑仔今天第二次皺眉，真難得。

「諾……」社長笑著又喝了一大口酒。小白伸手來揭杯墊，薄薄的杯墊下，赫然是一串號碼，共10個字。

「我們啊，真是三無幫的。」社長笑著說。

「哪三無？」黑仔又皺眉了，這是他今天第三次動腦思考。

「好色而無膽、好賭而無運、好酒而無量。」他說「好色」時指向我，說「好賭」時手指轉向坐在他對面的黑仔，說「好酒」時指向坐在他右首的小白，然後指向他自己，再指向我，接著是黑仔。這樣的繞了幾圈後，他的手指越繞越小圈，最後按到了桌上。

「乾杯！」他說。

很少乾杯的我們，最自豪的就是自制力。每次聊到我們四人可以比別人過著更恢意一些的生活時，話題最後總會歸結到自制力上。騎車時「騎帥不騎快」、喝酒時「文飲不牛飲」、吃飯時「細品不粗嚥」。其實，不騎快是怕死，不牛飲是沒酒量，不粗嚥是怕胖。但今天，誰也沒問為什麼要乾杯。

「乾杯！」四個杯子互擊，濺了些酒在桌上、滴了些酒在手中、灑了些「快意」在心頭。

五百毫升的啤酒沁入心脾，化為一股熱血，順著二氧化碳往上衝，最後在喉頭分道揚鑣，二氧化碳嗝了出來，熱血竄入腦幹，讓臉發燙、讓腦袋發昏。

我揮手再要了啤酒，這次來的是露腰女孩，我將四只杯子遞給她。再送酒來時，她的手掌按在我的肩膀上，問菜是否合口味。黑仔笑著說很好吃，小白補了句「因為是你端來的」之類的，接著又來來去去了好幾句，但心亂如麻的我，完全沒注意聽，一直等到她的手從肩膀上離開時，我才驚覺。抬頭時她正好回過頭來，暗暗的對我比了個電話聯絡的手勢。

這是真的嗎？花樣年華的女孩竟然對我有意思？她喜歡我？她是拉保險的？她是做直銷的？她是援交妹？

「該把那金剛杵的事了結了吧？」小白提出，打斷了我紛亂的思緒。

「怎麼這麼突然？」這是黑仔今天晚上的第四次皺眉。

「不然，你以為社長為什麼要我們乾杯？」小白看向社長。

四人無話，這答案在碰杯的那瞬間就已隨著灑出的酒液溢進心底，只是由小白提了出來。

「就算不使用那法器，也要快點想辦法把它交接給別人，是吧？」我說。

「誰會想要？」小白再次一針見血的提出問題。

「應該說交接給誰比較好？」社長補充：「給了不對的人，不是拿這法器來做壞事，就是傷害了他自己。」

「怎麼有一種『水鬼在抓交替』的感覺。」黑仔伸舌頭。剩下三人也機伶伶的打了個寒顫，這個比喻雖然有點「跳TONE」，卻又是那麼的貼切。

「我們先把規則都弄懂了，再挑個可能合適的人。」只要提到遊戲規則，小白永遠是頭腦最清楚的人。

「要先立誓，對吧？」我問。

「嗯，立誓的規則是？」小白轉頭向社長，後者正將一尾秋刀魚夾進自己的盤子裡，筷子微陷軟嫩的魚肉中，滑膩的魚油順著銀亮的魚身嫵媚的溜下。

「要握著法器。」社長頭也不抬的說，筷子停在魚的上方，不知從何處下筷。

「嘿，那要整尾吃。」黑仔說。

「整尾？」社長和我驚訝的問。

「握著法器？」小白也驚訝的問。

「是啊。」白色的瓷盤上還有兩尾秋刀魚，正呈「八」字形斜躺著，黑仔用筷子夾住了其中一尾的「肚子」，左手食指按住了尾巴，手腕一轉，筷尾絞斷了魚身，一提一送，一張一咬，魚頭進了黑仔的嘴裡。看著黑仔張口大嚼，我動手夾了桌上的半條魚，社長也將魚頭往嘴裡送。

小白看著我們三人，咂了咂嘴，又灌了一口啤酒，看得見魚頭的魚，他是敬謝不敏的，更何況是「魚頭」？

因為碳烤的火力夠，秋刀魚的骨頭全軟化了，在齒頰間只剩下濃郁的油香味、鹹鹹的海味、脆脆的魚骨口感，還有碳火炙燒的微嗆煙味。

「下次聚會，我帶法器來。」社長嚥下口中的魚。

「怎麼樣？要不要試試啊？」黑仔頑皮的拿起桌上的盤子，將魚頭朝向小白的臉推去。

「這魚長得還真像你。」小白伸手擋著，社長又咬了一大口魚，將剩下的一小截夾到小白面前，被兩人圍攻的小白雙拳難敵四手，場面一陣混亂，那時，我用右手舉杯，飲了一口，左手將杯墊移近桌緣，然後，杯墊滑出著一道極其彆扭的弧線，落到我的口袋。

主調5

10月12日，星期五，晚上10點20分，米瓦。

超過打烊時間了，米瓦的燈還亮著。

「是誰先到了呢？」我想，約在米瓦的聚會我總是最早到的，我想要一些和植物「相處」的時間。

和植物說話？有時我還真會這麼做，那種感覺，很難以筆墨形容，硬要試著形容的話，「清澈澄淨」會比較接近吧！

看著「柔軟透明」的水緩緩流進棕黑的土壤，土壤顏色更深沉了些、體積似也飽滿了一些，吸滿了晶瑩剔透的水的土壤，所滋養出的植物，總會讓人感到可愛。相對的，每每看見溝邊的雜草野花，那或黃綠或褐黑的水色，所餵養出的植物，總是令我不忍卒睹，雖然開出的花色並沒有太大差別。

停好車，逋下車，聽見從門縫流洩出來的強力節拍聲。靠近店門口時，我才聽見那輕快的吉他聲，還有一道模糊不清的人聲，像是呻吟，或是嗚咽。對了，就像是晚飯過後，你如果站在家門口的水溝旁，會聽見鄰居吃飽飯後，洗碗或洗水果的廢水從家中水管排出，滴落在水溝的那種聲音。

打開門，音樂傾洩而出，那道模糊不清的人聲瞬間變成一泓清泉，流過我的耳際、流過我的後頸、流過我的兩脅、流過我的腰間、流過我的胯下，然後匯集在我的背脊，迅速的竄上腦門，轉換成「雞皮疙瘩」。那女聲低沉卻極有魅力，奏節有力卻又不失輕快，配合吉他，只有吉他，就讓人想隨著樂聲擺動身體。這麼年輕的音樂，一定是社長，他總是「監視」著女兒的音樂。

「好聽。」我喜歡這種被動人音樂當頭兜下的感覺。

「還不錯吧！」社長的聲音從吧台後傳來，今天一定又有好吃的了。

「誰的歌啊？」走到吧台旁，伸頭往裡張望。

「Lee SA，一個韓國女歌手。」手裡的刀不停的切著，米白、粉紅、橘黃的香腸正被片成一片片花瓣，開在黑夜裡，開在黑色的瓷盤上。

「新人嗎？歌名呢？」

「『Tik Tok』，Lee SA翻唱『惡女凱莎』的歌，連艾薇兒的翻唱版都被她比下去了。我女兒正在哈韓。」社長知道我有一張艾薇兒的專輯，常常拿來笑我，說那是小男生才會聽的。

開門聲，黑仔的笑聲，小白的笑聲。

「這是夜店御用歌曲，今晚有女生會來嗎？」黑仔放下手上的紙箱。

「音量轉低點，不知道的路人搞不好以為這裡開了家新的夜店。」小白將安全帽放在落地窗前的木桌上。

「買新車了？哪台？」我好奇的問。

「小VINO，老婆也能騎。」小白露了露鑰匙。

「如果是正妹，索興就讓她進來，當成營業好了。」黑仔忙著打開紙箱，從箱中拿出一瓶紅酒。

二樓露台上，晚上10點47分。

雖然這天不是正式的聚會，不一定要舉行10分鐘的沉默儀式，但是我們還是做了，因為那10分鐘真的很美好。

店旁的中山路上，依然冷清，行人低頭快步走，機車提高了吼音，連秋風也來湊上一腳，呼呼的風聲忽遠忽近，時而迎面而來灌滿你的鼻子、嘴巴，時而躡步到身後，賞你一後腦勺。唯一一塊「樂土」，就是對街的燒烤攤，天氣越涼，燒烤店的生意越好，時刻越迫近午夜，饕客總提著越大袋的「戰利品」離開。

那是棟四層樓的建築，燒烤攤位在一樓，在一樓與二樓的交界處，架有一座霓虹，簡單的標誌，紅、藍燈管連成的「烤」字，簡單的閃爍頻率——慢閃10下，快閃3下。

這平常不起眼的簡陋「小伙子」，竟在這人馬將歇的深夜張牙舞爪起來。那霓虹毫不客氣的映在其他店家的招牌上，由近而遠，漸遠漸淡。從店旁的第一座招牌上能看到紅色和藍色的燈光，再遠幾間店的招牌上，只能看見紅藍混成的紫色光亮微微閃動著，再更遠些，依稀只能補抓到一點點的明暗變化。

這燈彷彿將情緒發洩在周遭親友身上負氣莽漢，總要鬧得身旁的人坐也不是，站也不是。又像是愛發號施令的小團體頭頭，總要令小體團裡的成份都同聲一氣，才能得到一種扭曲的安全感。然而，連無所不在的萬有引力都會隨著距離的增加而減少了影響，更何況是一盞燈、一句話、一種情緒。

社長用牙籤剔了塊德式香腸放進口中，這動作宣布了10分鐘沉默儀式結束。

「這紅酒的來源是？」這種問話的口氣，代表小白不是非常喜歡。

「店裡的常客自家酒廠釀的，湊合著吧！」黑仔把酒瓶遞給小白。

社長從背包裡拿出一只手掌恰好可穩穩托住的紙盒，看他慎重的模樣，我們都知道那裡面是什麼東西了。小白移開桌上的瓷盤，黑仔移開酒杯，我則用紙巾揮了揮桌上，試圖趕走一些本來就不存在的灰塵。

第二次看到那件「法器」，我的心裡依舊很「不習慣」，那通體黝黑的材質，令我覺得它不斷的對周遭輻射出壓迫感，讓人想撇開頭，卻又不得不看著它，想把它瞧得更清楚一些。

「一人握著一個頭。」社長指著桌上的十字五股金剛杵。

「頭？」黑仔皺眉。

「我也不太清楚，那個日本醫生轉交給我時，並沒有清楚介紹，只說這法器叫『十字五股金剛杵』。」社長也皺眉。

「那應該叫『端』。」小白突然開口。

「端？」黑仔問。

「一般的金剛杵是短棒狀，分上下兩端，中間叫『柄把』。」小白指著十字杵的其中一根說。大家不說話，等著他繼續說下去。

「金剛杵的材料，是用『金、銀、赤銅、鑌鐵、錫』等五色金屬合和而成。也有經卷上說，由於所修的法不同，材料也有金、銀、熟銅、砂石、人骨、水晶、泥，或是害人木、苦練木、天木、迦談木、柳木、白檀木、柴檀木等各種木質的差別。」小白將手機上的資料一一唸出。

「人骨？」黑仔失聲道。

「這一定不是啦！」我試著安撫黑仔。

「看來像是合金。」社長分析。

「金剛杵大小有長八指、十指、十二指、十六指、二十指不等。形狀有獨股、二股、三股、四股、五股、九股、人形杵、羯摩金剛、塔杵、寶杵等。而以獨股、三股、五股最為常見，分別象徵獨一法界、三密三身、五智五佛等。」小白又接著唸道。

「蝦咪山蔘？」黑仔又皺眉了，短暫的停頓後，沒人接話，無法接話。

「金剛杵本是古印度的兵器，後來被密教吸收成法器，用它來代表堅固鋒利之智，可斷除煩惱、除惡魔，因此其代表佛智、空性、真如、智慧等。」小白不給黑仔說話的機會，又緊接著說：

「十字金剛杵是以兩個金剛杵成九十度交叉而成，是密宗羯摩部特有的法器，又名羯摩杵。」

終於提到重點了，我們三人不約而同的挪了挪身子，試著讓自己坐正一點。

「在十字金剛杵中，豎立的金剛杵象徵法界體性三際一如，於過去、現在、未來中永恆不變；橫置的金剛杵象徵法界體性橫遍十方法界，無所不在。十字金剛杵代表堅固、不壞以及不亂，四個角也象徵四大羯摩……」

「我一個頭兩個大了。」黑仔揉著自己的太陽穴。

「我也是。」我喝了一口甜膩的紅酒。

「我覺得上面的都不是重點。」小白說。

「那你還唸那麼多。」黑仔沒好氣的說。

「知己知彼，百戰不殆。」我說。

「重點在規則。」小白已把手放在其中一端上。

社長也放將手放在法器上，接著是黑仔，最後是我。

我的動作最慢，因為我先將早已汗溼的掌心抹向淺灰的牛仔褲。當觸到金剛杵的瞬間，奇異的質地與冰涼感衝擊指尖的神經，觸電般的，我的手指顫了一下。其他人彷彿被突來的顫動影響，也顫了一下，抑或是，他們也感到那奇異的觸電感？說不定是我太過緊張，第一次接觸這金剛杵時，對於它奇特的觸感留下的印象太過深刻，所以，這次才會如此的緊張，緊張到了接近不安的地步？

「我等四人，決不將此金剛杵神力之祕外洩，直到轉遞給下一個之前。」社長謹慎的措詞。

「就這樣？」黑仔問。

「大概是。」

「大概？」小白提高了一點點尾音，他的職業病又犯了。

「想必當時那位日本醫生是用英文和社長交談吧，所以社長只能使用翻譯的語句。」我趕緊試著打圓場，不希望今天又鬧僵了，如果場面又陷入僵局，這件事將到何時才能善了呢？

「他用一半的英文，一半的日文，日本人的英文口音很重。」

「那我們怎麼知道已立誓成功了？」黑仔又皺眉了。

「他告訴我，這不是一台『machine』，我們不需下指令，只要『The sincerity』，也就是『誠心』就夠了。」社長的眼神像是在尋求大家的看法。

「嗯，我覺得我們已經立誓完成了。」我說。其他三人也點點頭。

就在這個時候，令人覺得不可思議的事情發生了。

昏暗的露台上，金剛杵彷彿射出一道強烈且明顯的光芒。那光芒一瞬間就消逝蹤影，我揉了揉自己的眼睛，想看清發生了什麼事，腦袋卻是一片空白，好幾個資訊跟無用的畫面躍入腦海中，又逃逸的無影無蹤。

約莫過了3秒鐘吧，實在沒有把握自己被駭住了多久，但我卻知道那時自己臉上的表情，因為在我回過神時，我看見了三張一模一樣的臉，驚駭的臉。我知道，那道光不是我的幻想。

黑仔慌張的站起，撲到欄杆邊，看著對街的霓虹，和街上來往的車輛，社長謹慎的拿起金剛杵翻看，小白抬頭搜索著露台頂端的遮陽棚，我則低頭檢查桌子的下方。我們都想找出那道「折射」的光線來源，好證明那光不是由金剛杵本身發出來的。

最後，我們沉默的坐回桌邊，黑仔看起來很焦躁，我也是，我們兩人一口接著一口啜著那酸澀味「缺席」的紅酒。社長和小白則是看著金剛杵不發一語。

「看出什麼了嗎？」黑仔第五次放下手上的高腳杯時，終於沉不住氣的問了。

「至少這能確定我們已經立誓完成。」小白看向社長，接著轉頭對黑仔說。

「可是，那道光說不定是……」黑仔說到一半就停住了，我也有同樣不安的感覺，但是我忍住了沒有提出來。

「規則一，知道這法器功用的人，除了要交接出去之外，不能向任何人提起。」社長從背包拿出紙和筆，看似想做些紀錄或說明。

小白卻伸手制止社長動筆的手，並將已寫有數個字的紙張揉成一團，丟入高腳杯內，還欲掙扎的紙張漸漸酣飲紅酒，全身血色的癱軟在杯內。有紀錄就有可能被人發現，我覺得小白這樣的舉動已經反應過度了，卻又不能不認同他「小心駛得萬年船」的態度。

「規則二，想要施法必須有四個人，這四個人也不能將此事透露給別人知道。」社長接著說，表情看來有些迷惑，看來事情的發展並不像他原本所想的那麼愉快。

「規則三，四個施法的人，在歷經一個月的旅程後的一個星期內，可以選擇永遠變成十七歲的少年，重新過一次人生。」

「就是這個，我們不是回到十七歲，是變成十七歲？」黑仔皺眉。

「對，在民國１０１年，變成一個十七歲的少年。」社長斬釘截鐵。

「可以選擇？」小白問。

「對，體驗一個月的年輕感覺，回到真實年紀樣貌之後的7天內，可以選擇是否變成17歲。」社長說。

「那時就變不回來了？」我問。

「對。」

「為什麼是17歲？」

「可能是……我的猜想啦……那是身心最富能量的一段，未到18歲，肩上責任不重，人生中有很多難以抹滅的第一次都是在那時被刻進靈魂裡的。」

「那對我們有什麼好處？又不是回去重溫年少時光。」黑仔雖不喜歡繁冗的思考，但他的直覺反應總能引起思考。

「當然有好處，你想想，年輕的臉、年輕的身體，充滿體力、充滿衝勁，可以摘掉老花眼鏡、早上起床不會腰酸背痛。」小白說。

「還可時間可以嚐試其他的東西、其他的興趣、其他的職業、過另一種人生。」社長說。

「可以拋開一切阻礙你的事物，擁有全新的黃金23年時光，盡情擁抱夢想。」我說。

「你們說的這些，不需重新開始人生也都能做到。」黑仔的語氣加重：「你說的阻礙是什麼？老婆？孩子？工作？別躲在別人背後，你想當作家，寫不出個名堂，想推給誰？」

「還有你，想嚐試另一個興趣？另一個職業？是你自己放不開吧？你是副院長，想辭職去攝影，誰管得了你？」黑仔的聲音已提高了將近八度。

「你更扯，年輕的身體，你……呿……」黑仔想數落小白些什麼，卻提不出說法來，最後一掌用盡全力拍在自己的腿上。

沉默，才能思考。專心的思考。

「你們真的想放棄現在所擁有的一切？」黑仔忍不住又問。

「誰跟你說我們要放棄？」小白冷冷的說。

「可是，你們剛才不是……」

「不是你問大家回到17歲有什麼好處嗎？」社長挑起一邊的眉毛，這是他的招牌動作，挑釁動作。

小白則聳了聳肩，嘆了口氣。見到氣氛和緩下來，我誇張的搖了搖頭，一副莫可奈何的樣子。有次學校園遊會時，我提醒一個赤腳玩水球遊戲的學生穿上鞋子，卻被他當成耳邊風，稍晚，他腳掌上半吋長的釘子證實了我的擔心是對的。我趕到保健中心時，護士小姐正在替他消毒傷口，他抬頭看我時，我臉上掛著的就是這個表情。

「啊，對不起，我以為……以為你們都……都想要重新過一次生活之類的。」

「你啊，未免也想太多了吧！」社長說得有點言不由衷，除了正在懊惱不已的黑仔，我和小白都注意到了。

「他是想太少了啦！」我開玩笑的說，打圓場一向是我的責任，我最害怕的就是大家都沒話可說的沉默，令人窒息的沉默。

「就是啊，看看你，事業成功，哪天你老丈人退休了，你就是院長了，其實你現在跟院長也沒兩樣啊！看看你的老婆，把自己的烘焙坊打理得那麼好，還被選縣市十大伴手禮。你的女兒和兒子，一個學音樂，一個是資優生，兩個都是一等一的優秀，和你當學生時一樣的出風頭。說你要放棄這一切？打死我都不相信。」黑仔一口氣說完。

社長沒有接話，舉起了酒杯，杯口傾斜，指向黑仔，黑仔提杯示意，兩人乾了一杯。

「你啊，有個人人尊敬的好工作，檢察官，維護社會秩序裡最重要的一種人。

老婆漂亮，娘家也有錢，你家也有錢，你們兩人根本就不愁沒錢。有時這裡吃吃飯，有時那裡喝喝咖啡，每年出國兩次以上，在宜蘭還有渡假的別墅。說你要放棄這一切，打死我都不相信。」

小白也沒有接話，他的酒杯裡已有了一張難以辨視的便條紙，便舉起了社長面前的空酒杯，倒了酒，和黑仔兩人各自乾了一杯。

我看黑仔喝得這麼猛，怕他喝過頭了，萬一待會兒回去的路上遇到臨檢就麻煩了。我說：

「好，我自己說，你今天喝太多了。」

「不行。」黑仔有點喝茫了。

「那我來幫你說。」小白搶過黑仔的酒杯：

「你是個專情的人，未婚妻死後就不曾再愛過別人。在學校教書認真，學生喜歡上你的課。偶爾泡泡年輕小妹妹，隨性自由的生活。」

我欲言又止，但還是舉杯，和小白乾了一杯。

「小白的兩人世界很棒，但眼鏡總是在換女伴，更令人羨慕啊。」黑仔原本就黝黑的臉竟隱隱透出紅色，使臉上呈現出一種令人發噱的深紫色調。但真正顯見他已醉了的是，他竟然拿小白夫妻非常努力卻得不到小孩的事來開玩笑。

「是啊，但『兩人世界』這種東西和很多東西一樣，都是要在失去之後才能更懂得其美好之處，對吧？」小白轉頭向社長，眼神很複雜。有了小孩之後，社長和妻子的兩人世界是否就消失了呢？

「我去拿檸檬汁，冰箱裡有，這黑猩猩醉了。」社長起身，示意我倒水給黑仔。

啜了一口冰水的黑仔看似冷靜了一點，露台上的三人無話，這沉默真的令人窒息，空氣漸漸凝固，必須用盡全力才能吸進一點點空氣，才能吐出一點點空氣。為了打破這凝重，我隨手拿起放在社長背包裡的相機。

「咦？又換新相機了，這種類單眼相機不便宜。」我隨手擺弄了一下，嗶的一聲，螢幕忽然亮了起來。

「這不是大溪老街嗎？」小白聞言也湊頭過來。

「好像是，還有別張嗎？」聽話的我，靈巧的手指，下一張照片出現。

「咦？這不是小美嗎？」我狐疑的回過頭，小白的眼睛瞇成一直線，我知道這種表情，這是他職業病又犯時的表情之一。

「你們在幹嘛？」社長拿著檸檬汁出現在露台門口。人啊，很奇怪，明明知道你們在做些什麼事，卻總問「你們在幹嘛」，也許是用來表達發問者的難以置信。

「沒有啊！你又買新相機了啊？」我們兩人像犯錯的小孩，趕緊把相機放回社長的背包。人啊，真的很奇怪，明明就做了些什麼，但當別人問起時，偏偏又總是回答「沒有啊」，也許是為了掩蓋被質問者的不知所措。

社長倒了杯冰的檸檬汁給黑仔，黑仔喝了一口後，又趴回了桌上。

「看來，今天有人要送他回去了。」

「我騎車。」我和小白異口同聲。

「好吧，我回醫院去開我的車，你和小白等會幫我把他搬下來，店就給你們收拾了。」

從露台上看著社長快步穿越馬路。

「剛才那照片是美娟沒錯吧？」小白問我。

美娟是社長醫院裡的會計，是個陽光美少女，活潑又美麗，正妹一枚。第一次見他，是在去年醫院辦的聖誕節晚會上，那時她剛畢業，22歲。活潑又幽默，識趣又懂得「示弱」，是會激起男人「保護慾」的「弱女子」，更是會讓男人覺得自己變得年輕的「活力派」女孩。

「難怪那時我就覺得她對我們好像很熟悉似的。」小白說。

「很熟悉？」我問。

「是啊，好像從什麼人那聽到了不少我們的事。」

「你是說，她從社長那要聽到我們的事？」

「嗯。」小白點頭。

「也有可能他們兩人只是朋友，湊巧在觀光勝地偶遇。」我試著提出合理的解釋，為社長辯解。

「日期是今天，今天是社長一個月難得的一天假期，他到大溪去，會那麼巧偶遇另一個醫院的同事？」小白的問法讓我無法回答。

「更何況他手上握著搖控器？」

「什麼搖控器？」

「自拍的搖控器。」小白的這句話，等同宣判社長的外遇定讞。

叭……叭，社長的汽車喇叭聲響起，我和小白急忙的把醉死的黑仔搬上車。

「僵硬的屍體比癱軟的醉漢好搬多了。」小白嘴裡喃喃的抱怨，手上的力道倒是絲毫沒有減輕。另外一提，他真的搬過僵硬的屍體。

終於，黑仔上了社長的車，聚會結束了，一個漫長的夜又開始了。

主調6

10月13日，星期六，黑仔的家。

那是鄰近大學的路口轉角，一棟造型特殊的建築。

當年黑仔夫婦頂下這家店時，它是個不起眼的，只有婆婆媽媽才會來的家庭理髮店。連隔天就要檢查頭髮的國中生，騎著單車四處找尋不用排隊的理髮廳而經過這個店面時，連一眼也不會多看。

當然，黑仔夫婦大改造了它，那時我們剛退伍，店裡不少木工和油漆都是我們四人一起胡亂完成的。永遠忘不了那張經過幾番爭執才完成設計的櫃台桌，在施作的過程又變動了好幾次的設計，完成時，竟然沒有人想承認那是自己的作品。更糟的是，它並不牢固，人一靠在桌面上它就會晃動，劇烈的晃動。

「還不如買現成的。」這是了悟「隔行如隔山」的四人的最終結論。

幾年後，手藝出眾的黑仔老婆，打響了招牌，附近不少大學生都到店裡剪髮。敢於求新求變的大學生，永遠願意在髮型上花錢嚐新。因為，那是目前的社會觀念所允許的唯一「領土」，一塊可以「亂搞」而不會被冠上「撿角」的兵家必爭之地，一塊可以「抗爭」而不會被冠上「不成才」的行動招牌。

有了點錢的兩人，再次改造這家店，除了店內的設備更新，讓髮型設計師工作起來更加順手外，外觀也有了很大的改變。

所以，我現在就站在一座「廢墟」外！

總愛開玩笑的我，這次沒開玩笑，因為這裡真的是座「廢墟」。這是他們夫妻倆的概念。

一樓外的花台上，種了許多爬藤類的植物，葡萄藤、薜荔、鳳凰花，各自在白色的屋牆上找到棲息之地。葡萄藤順著門框，爬出了一彎拱型。鳳凰花沿著窗架、電線、水管往上竄，在兩樓花台開枝展葉，有著往三樓進攻的泰勢。薜荔則一步一腳印的「踏」進牆裡，成幾何級數的擴散開來，佔領了牆上絕大部份的白色。

白色的牆面變得斑駁、褐黃時，黑仔的妻子開心的在臉書上發表照片，宣佈店面的新翻修終於完成，那是動工的一年後了。小小的窗戶，電鏽的窗框，發白的舊紅木門，這不是廢墟是什麼？

「這是『大地系』。」黑仔的妻子說。

推開斑駁脫漆的舊木門，它運轉順暢，每次來，我都覺得很不習慣，它應該要發出「嘰拐」的聲響才是。

才早上9點多，店裡已有兩個客人，一個是正用大型「安全帽」罩在頭上的媽媽，小綺則在幫另一人「施工」。看著我走進來，她對我笑了一下，繼續著手上的工作。

「我來了。」按了櫃台的紅色鈕，對著對講機說。然後我坐在櫃台前的椅子上，翻看著店內的日誌。

「最近的預約很多，忙吧？還有研習？」我指著表格中，寫著研習的那兩欄。

「沒辦法啊，顧客是很現實的，技術跟不上了，生意就跑了。」小綺用木棒將圓盒中的灰白色膏狀物抹在年輕男性的頭髮上，再用一隻排梳把膏狀物均勻的刮散在男子的中長髮上，最後再覆上保鮮膜。那應該是「保鮮膜」吧？我也不太確定。總覺得，小綺正要將一盤吃不完的洋芋沙拉，蓋上保鮮膜包好，端進冰箱裡。

「喂，你該剪頭髮了吧。」這是我今天一大早就接到的簡訊。

黑仔有事想找我聊時，總是用這種方式。直接說「有事找你聊」的話，見面時，往往會難以開口。反正頭髮也長了，理完髮，就近在大學外的「便當街」吃個簡餐。

「你又接到簡訊了？」小綺將客人推進一台「烤箱」，邊洗著手邊問我。

「是啊，如果你們能對每個客人都發這種簡訊，你們早就發達了。」我笑著說。

「說得也是，可是，像你這麼聽話的客人應該不多吧？」小綺指著一張空椅，示意我坐下。

「他昨晚還好吧，他很久沒喝那麼醉了吧？」我問。

「是啊！」小綺的音調低了下來，過了一會問道：「老樣子嗎？」

「四十歲了。」我乾笑著回答，小綺也笑了。

見到自己頭髮一根根的落下，總會有種說不出感傷。如果每天的生活作息是人的生理時鐘的話，那頭髮就像是人的「生理日曆」吧。這段時間內，這一至兩個月內，每個藍色星期一的早晨，面對鏡子梳洗時，如果不是看到頭髮從眉上、眉緣、蓋眉，長到眉下，或是從耳上、耳上緣、耳中，長到耳下緣的話，真會搞不清楚自己是否已過完一個星期？抑或是做了睡中夢見自己梳洗一次，醒來又得再梳洗一次的惡夢？

「藍色星期一」的早晨，晨起梳洗的痛苦，辛勤工作的人都有同感吧！這跟學生夢見自己在考試，而且好不容易把考卷寫完了，結果醒來後才發現自己真的在考試，而且考題只寫了前幾題一樣的痛苦吧！

這一段段的頭髮落下，我想著這幾個星期的日子，四十歲了，腦中浮現的都是些壞消息，不是那些該做還沒有做的事，就是那些一定要卻還沒有做的事。

「回來了。」黑仔的大女兒推開舊木門走進來。

「嗨！」我和平時一樣的打招呼。

女孩竟似完全沒聽見一般的從我身旁呼嘯而過。我對鏡中的小綺投以疑問的眼光，卻得到一個無奈的微笑。

「回來了。」黑仔的二女兒緊接著推開門走進來。

「嗨！」我再試了一次。

女孩猶豫的看了看我，再看了看媽媽，然後，堅毅的扳起臉孔，好像沒看見我一般的從我身旁走過，跟著姐姐的腳步上樓了。

「她們怎麼了，吃了炸藥嗎？」我吐吐舌，開玩笑的說。

「她們應該是吃了早餐吧！」小綺也故作輕鬆的回我。

「吃到難吃的早餐了嗎？」我大笑，小綺也停下手上的剪刀笑了起來。

「她們在跟我冷戰！」黑仔從樓上下來。

「冷戰？」我好奇，這四個女孩雖說不上模範生，但從小看著父母辛苦的挺過來，也算得上是懂事乖巧了，尤其是老大和老二。

「因為老大交男朋友了。」小綺憂心忡忡的說。

「我找那男生見面了，小鬼頭一個。」黑仔哼了一聲。

「如果像我一樣成熟穩重呢？」我認真的問。

「像你？你不覺得你太老了嗎？」黑仔有些生氣的說。

「那，你覺得幾歲的男生比較適合現在的他？」我依舊認真的問。

「嗯……」黑仔回答不上來。

「哈哈……，你看看吧，你只是不想讓她交男朋友而已。」我的笑聲怎麼也壓抑不住。

「別跟我搬學校那套『戀愛要從小開始學習』一類的說法。」黑仔示意小綺繼續動刀。

「是『正常的異性交友要從小開始』，現在不學，長大就來不及了，看看日本現在的狀況，『三高』的女性，嫁不出去的一大堆，尤其是35歲還沒嫁出去的那群人中，有90％到了40歲還嫁不出去，現在不學何時才要開始學？26歲交第一個男友，然後，她就嫁給第一個男友嗎？一段戀情不用二到三年嗎？幾個戀情結束後，就到35歲邊緣了。」我沉重的說。

「我說不過你，反正，你自己的女兒也這樣時，我再來看看你是否能冷靜的分析這些數據。」黑仔趁老婆停刀時推了我的頭，而小綺趁黑仔推我頭時，用手肘撞了撞黑仔的胸口。

她怕黑仔的這段話刺傷了我這個四十歲還沒結婚的人，黑仔露出一副「他不會在意啦」的表情，嘴上卻連忙把話題岔開。

「中午吃什麼？」

桌上擺著的是手工小籠湯包。

今天，我們是店內的第一桌客人。其實，我們也是這家店的第一組客人。

這家店開幕的第一天，我們正好經過，時近中午，店門口飄揚的紅布條和店內的冷清呈現強烈的反比。我和黑仔走了進來，點了兩籠小籠包，從此，我們就愛上了老闆的手藝，愛上了這家店。

那幾近透明吹彈可破的麵皮，讓人能輕易的透過薄皮看見粉紅的肉餡和脆綠的青蔥淺泡在油花四溢的湯汁中。筷子輕夾，小籠包如受擠壓的少女蓓蕾一般，一處深深的陷了下去，但飽滿的青春卻在另外的部份膨脹開來。乾的衛生筷一夾住小籠包的皮，就被麵皮緊緊的吸附，想抽開筷子絕不是件容易的事，在下筷之前就必須謹慎的選好部位，避免夾破這晶瑩的湯包。

我看準了最邊緣的一顆，摒氣凝神的下筷，然後輕輕的提起，湯包的下緣沾黏在蒸籠上。湯包隨著我筷子的上提而拉長了身形，終於，它下方的麵皮脫離了蒸籠，我開心的表情彷彿贏得了大獎。放進口中，先不要咬破，再夾些蘸了醬油和烏醋的薑絲放入口中。

醬油的甜香和烏醋的清香已充滿口中，這時咬破湯包，那濃郁到近於油膩的湯汁淋下，淋在舌頭上，流滿整個口腔，再配上醬香和解膩的香醋味，真是美味。一籠才60元，可以享受7次極品的美味，真要我說，我覺得這裡小籠包的「價性比」

要比名店鼎泰豐來得更高。

「女兒怎麼啦？」我將薑絲泡進混著烏醋的醬油中。

「俗話說『胳臂往外彎』，說得真他媽好。」黑仔直接把筷子戳進湯包，再迅速的將湯包撥進湯匙中。他總是這樣吃，我曾說這樣會流失掉一些湯汁，但他卻回我「多吃幾個就補回來了」。

「不是大女兒交男朋友嗎？怎麼連老二也不理人啊？」我又成功的夾起一個湯包。

「她們啊，搞了個什麼鬼陣線聯盟的。」

「陣線聯盟？」我手上的湯包破了，金黃的湯汁灑出幾滴。

「老大聳恿其他人，說她是抗爭的始祖，不只為了她自己，還為了三個妹妹。」黑仔從牆上的餐巾拿抽來幾張紙巾。

「為了妹妹？」

「如果姐姐我爭取成功，妹妹你們以後也不會被爸爸阻止交男友了。」黑仔學女兒嬌滴滴的口氣，學得還真像，再配上那張又黑又老的臉，真的令人有點不舒服。

「所以，你成了家裡的『全民公敵』？」很有趣，但是我笑不出來，因為這是個養成良好價值觀的重要年齡。

「能當『公敵』還不錯，她們現在是視老爸為『糞土』，連看都懶得看我一眼，更別說是和我講話了。」黑仔開始撈起剛才被他丟進酸辣湯裡的湯包。被湯匙打撈起的湯包如「出水芙蓉」般，白色的花苞，橫空出世。稠稠的羹汁緩緩的向四周流下，紅蘿蔔絲、黑木耳絲、白豆腐絲在白色的花苞上翻滾落下，然後，在黑仔的嘴裡開了花，在他心裡也開了花吧！

「過些時間，不再那麼熱衷時，大家比較能冷靜下來談，那時才能真正的溝通吧。」我抽了兩張紙巾來擦汗。

「就怕那時傷害已經造成了。」黑仔憂慮的說。

是啊！人生，有太多的事，一定要在親身經歷之後，才能成長。尤其是經歷傷害與苦痛，常能讓人脫胎換骨，但過程往往也讓人痛不欲生。

主調7

10月16日，星期二，學校。

學校辦公室。

一個平時話音甜美的同事，正在教訓學生。一如既往的，教訓轉為怒罵，怒罵轉為狂飆，狂飆後漸漸轉為低咒，低咒變為威脅，最後是叮嚀與期許。

很多家長和學生不懂，總以為老師喜歡把氣出在學生身上。我也曾聽過某學生轉述：「我媽跟我說，老師他不是故意對你那麼兇的啦，他可能是這幾天剛好心情不好。」說這話的學生惡整同學，將同學反鎖在掃地工具櫃裡，霸凌味十足。導師當然要嚴厲指正他，結果學生不反省就算了，連家長也是如此。

或者應該說，是家長的觀念如此偏差，那個學生今天才會做出這種事。更何況，老師如果心情不好，大多是在學校被學生氣出來的，一個正常人的家庭裡可沒那麼多好生氣的事。

有經驗的老師，聽見別的老師在罵學生時，可以藉著從「怒罵」轉為「狂飆」的這一個段落的長短，來判斷挨罵學生犯錯的大小。更可以由「低咒」轉「叮嚀」這個段落的長短來判斷接受訓誡的學生是否常犯錯、是否已反省。

這次的訓誡，怒罵轉狂飆的上升幅度不明顯，持續的時間也不久，應該不至於惡性重大。低咒轉威脅的時間短，老師的語調也明顯降低，學生應該已經開始反省了。令我好奇的是，叮嚀的時間卻出奇的長，難道，是個特殊的事件嗎？

「快回班上去吧。」老師的話音依然嚴肅。

「謝謝老師。」

然後兩個學生就我身旁的走道掠過，一個是瘦瘦小小的男生，還不住口的碎嘴，一副自認倒足霉運的表情。呵，這種學生多的是，他們總是不怨自己做錯了什麼，只怨自己為何倒霉被抓到。

另一個就讓我有點驚訝了，是小玫，社長的大女兒。她低著頭，遠離那個男生，彷彿他身上帶有病毒一般。那男生沿著走道的左邊走，她就沿著走道的右邊走，而且走的很慢，偏偏那男生就是不識相，還不時回過頭來等她，補她兩句話。這個畫面使我大動肝火，但多年的經驗告訴我，事出必有因。

「辛苦啦，你還好吧。」在前往茶水間的路上，會經過這位女老師的座位旁。

「喔，沒事啦，小朋友不懂事，小事啦。」女老師又回復她原本甜美的話音。

「是喔，他們怎麼啦？你好像罵他們特別久。」

小玫入學時，社長有拜託我照看著她，但是，我們之間有共識，不要讓學校的老師知道小玫是同事的好友的小孩。社長認為，這樣才能讓她在犯錯時被適當的指正，小玫也喜歡這樣，她不喜歡「特權」。

「唉！雖然是小錯，但是處理起來十分棘手，對了，老師你也從男生的角度，給我些建議好了。」她按揉著自己右邊的太陽穴。

「男生的角度？」我拉了張椅子坐下。

「是啊，是關於外遇的事。」雖然音量已被壓低，但「外遇」兩字還是滴溜滴溜的爬上心頭，引起我的心室一陣顫震。我趕緊喝了一口杯中的茶，就算不是和小玫有關的事，同事間，辦公室裡，提到外遇這件事就夠令人緊張的。

「外遇？」我「做了個球」，讓她可以「猛力扣殺」。

「嗯，上輔導活動課的時候，老師提到了家庭成員，其中有一個部份有談到外遇。」伸手撥了一下及肩的捲髮，讓我的眼光不自覺的跟到了她的鎖骨，雖然她並不很苗條，若有似無的鎖骨，更顯性感。

「然後啊，那個男生就輕率的講了玩笑話。」

「這個年紀的男生，總是很敢開口亂說，以為這樣很有膽量。」我苦笑。

「不過啊，我倒覺得有點奇怪，因為男生說的那句話，一般人都會當成玩笑話來聽的。」鎖骨老師再次壓低音量，並且壓低了身子，保護孩子們隱私已成為我們的下意識動作。她的鎖骨更加明顯了。

「他說了？」我也不自覺的壓低身子。

「女生比男生更容易外遇啦！誰說男生容易外遇的！」

「就這樣？」

「嗯，就這樣。然後啊，小玫就當著全班的面說了『你放屁』。」

「唔！」我腦中閃過紛亂的思緒，但一點都派不上用場。

「很奇怪，對吧？」

「嗯，會不會他們本來就不合？」

「我一開始也這樣想，因為那個男生就是嘴壞，喜歡到處招惹人。」

「原來……」

「不過，我在和小玫談時，她倒是不把那男生平時的表現放在心上，好像完全『focus』在『女生比男生容易外遇』那句話上。」英文老師的職業病，單字常像活潑的野兔，在草叢裡探頭探腦的。

「的確很奇怪，會不會……」轟的一響，腦袋中的思緒全被這顆手榴彈激射而出的破片打穿，零落而支離破碎。

「怎麼樣？」鎖骨老師將椅子移靠近一些，身子又壓得更低了一些，她的鎖微動，像在催促我趕快回答。

「會不會是……她的女性親人，像是媽媽，被男性外遇……不，是被丈夫背叛，也就是他的爸爸外遇了……她在替媽媽抱不平……」我喃喃的低語，以為聲音小到只有我自己可以聽見。

「是嗎？這樣需要通報輔導室嗎？」鎖骨老師緊張的問。

「我看，再觀察一陣子吧，畢竟這只是我的猜測。」一站起身，又閒聊了兩句，我走回座位上，直到下一節課上課鐘聲響起，才想起剛才起身的目的，連忙趕進茶水間沖茶。

主調8

10月21日，星期日，晚上6點50分，後屋咖啡。

平價的後屋咖啡，是一家真正的咖啡館，不是一般的飲料店，不論是在店內的氣氛或是咖啡的味道上。

它座落在縣立公園對面，與滿滿的綠意隔街對望。後屋咖啡的一樓採開放式的設計，正面的牆面被打通，大口吐納著公園的健康與熱情。一樓的左半部是個及腰L型的吧台，面對門口的是收銀機，依序往內是咖啡機、磨豆機，最裡端擺著許多瓶罐，柳橙甜酒、薄荷酒、萊姆酒、荔枝酒、蘇打汽水……都是花式咖啡的調味品。

店的右邊緊鄰小巷，那牆被嵌上一面大玻璃，牆上釘著一排木桌。門口擺著一副陳舊的國小課桌椅，搖搖晃晃的，讓人坐來飄飄然的、頭重腳輕的，像極畢業多年後，又重新坐上課桌椅時心裡的感覺。

有人用嘴享受咖啡的苦澀甘甜，有人用鼻子享受咖啡的馥郁芬芳，但，真正的咖啡痴迷者是用心享受咖啡的寧靜平和。一杯黑咖啡，被小心翼翼端上桌的那一剎那起，就緊緊攫住痴迷者的感官，眼睛不時飄向那半通透的深褐色澤，鼻子充滿的炭焙香氣。啜一口，各種味覺在舌面喉頭不停的擴張，然後，你會慢下步調，停下手邊的一切雜務，接著，心靈的紛擾也慢慢止息了。

心靈平靜後，周遭的氣氛或情緒將會變得深刻，所以說，咖啡是一道強化劑，強化人們對生活的感知與認識。

可惜，在咖啡冷了或是即將喝完時，那神奇的魔力便開始逐漸消散。

這後屋咖啡的主人，阿正，很能營造氛圍，美好寧靜生活的氛圍。

阿正長得不高，矮矮壯壯的，十分精實，和他泡的咖啡一樣。早上九點開始營業時，要將新鮮的豆子放進磨豆盅裡備用。每天的氣溫和溼度不同，所以磨豆成粉的粗細也要跟著改變。看他一次次的調整機器的研磨刻度，一次次的試沖咖啡，一次次的試喝，一次次的倒掉咖啡和咖啡粉，看得我肅然起敬。

有一次，我和小白足足等了三十分鐘，阿正才勉張點頭，讓工讀生接手磨豆機，自己趕緊上了咖啡機前，對著我們說：

「今天一直抓不準，如果待會兒口味不合，告訴我，我們馬上重做一杯給你。」

一向把這種話當客套話的我，竟然在咖啡喝完時，接到另一杯咖啡。

「又調整了一下，這杯更好了。」

連忙道謝後，又啜了一口。

「有差嗎？」

「喝不出來。」我和小白兩人低聲交談。

阿正是否故弄玄虛呢？我也不知道。會不會又是「國王的新衣」？我也不想多想。反正，店裡感覺對了，老闆熱情，東西對味，沒有太多複雜，就是我的一百分。去了第二次、第三次……

老闆的熱情始終不減，他還積極的讓店內的藝術氣氛在地化。在地的插畫家、雕刻家、攝影家，作品輪番上牆展覽。星期日晚間7點，常有「蚊子音樂會」，有地緣關係的交響樂團、樂隊等，會到店門口進行30分鐘的演出。

熱情、藝術，讓這裡的氛圍迷人，咖啡讓這種迷人的氛圍放大，所以，這家店超級迷人。和米瓦並列「我的最愛」。

這天，黑仔的樂團，正確的來說應是「已解散後又重組的樂團」，應邀在後屋咖啡開一場「蚊子音樂會」。

「蚊子音樂會」的原意是指聽眾邊聽演出的同時，要一邊拍趕蚊子。後屋門口的馬路，被大排水溝分成了兩半，也就是，咖啡店門口的馬路是向右行駛的，馬路中央是條排水溝，再過去才是向左行駛的對向車道，對向車道緊鄰著公園。

水溝的兩旁各種了一排小葉欖仁樹，一棵棵樹的枝枒向外平張，像極了一群頑皮的小孩，在水溝旁玩著走平衡木的遊戲。樹下，每隔幾公尺就有座小歇亭，木椅、木棚，讓散步運動的民眾可以小憩。

天色漸漸的黑了。秋天的傍晚，尤其是晴朗的秋天傍晚，讓人格外的容易感受到季節的遞嬗。隨著夜幕低垂，風漸漸的強勁起來，刮過樹梢的沙沙聲，掃過落葉的咔咔聲，讓人不自覺的多別上一顆鈕扣，或是拉高衣襟。

我和小白坐在馬路對面的小歇亭裡，看著黑仔的樂團和阿正等人忙進忙出，社長則是在一旁給著黑仔建議，指手劃腳的。眼看再半小時就7點了，黑仔他們連采排都沒有開始。我和小白也應該在幫忙的行列中，但因為幫不上忙，所以我們「煙遁」了。

我們四人都會抽煙，但隨著年紀的增加，一個個都戒了，我記得最先戒煙的是社長，因為，大家都說：「你是醫生唉，你還抽煙。」為了健康和職業道德的雙重因素，社長毅然決然的就把煙戒了，他只戒了一次就成功，是我所見過的少數例子。從那之後，大家陸續的戒了煙，只是，偶爾還是會抽上一兩根。

現在，就是那個「偶爾」。小白遞來了一根煙，我想，他最近又有什麼煩心事吧！

「最近辦了個案子。」小白遞給我打火機。

「哦？」我只用了個疑問詞，叨著煙的嘴總會讓說話簡短些。

「一對五十出頭的夫妻，子女們離家生活了。喝酒晚歸的丈夫，在隔天傍晚被發現陳屍在浴室內。」小白壓低音量，就算我們身旁沒有別人。

「初步調查，先排除他殺的可能性。」

「為什麼？」

「因為，丈夫因為喝酒晚歸，所以隔天起床可能還留有宿醉，這時，他進到浴室沖澡……」

「腦溢血？」我插嘴道。隨著年齡增加，腦溢血的風險也相對提高。更何況洗熱水澡會使血管收縮，血壓上升，再加上宿醉，讓風險大大的提高。

「嗯……」

「那還有什麼難辦的嗎？」

「不難辦，我想以意外作結。」小白有些有氣無力，停頓了一會兒，又接著道：「可是有太多疑點了，丈夫常酗酒、醉後會打罵妻兒、妻子中午回家吃飯卻沒發現浴室中的丈夫、妻子和六合彩組頭過從甚密……」

疑竇四起，但我不能再問下去，這是我們之間的默契。檢查官守則第十一，保密：檢察官不得洩漏或違法使用職務上所知悉之秘密。

我努力探求小白這段話語背後所要傳達的情緒。

「很累嗎？」我問。

「道德良心責任義務都告訴我，要追查下去。」

「但？」

「情感告訴我，死者的家屬解脫了，不會再有家暴，不用再還酒債，不用再活在恐懼中……」小白重重的吸了一口，我看見煙頭的紅光狂熾。

「理性告訴我，這類的事件不管如何追查，一定會因罪證不足而結案。我還要查嗎？」

「你還要查嗎？」過了好一會，我才淡淡的問。

如果繼續調查，將會耗費大量的心力，有很大的機率會是沒有結果。又如果調查後有了結果，丈夫真是他殺，這件家庭悲劇終會擴大範圍，丈夫已死，妻子也將償罪。這種種的負面效應讓小白卻步，但道德良心義務責任卻又促使他必須往前，被擠壓的感覺，心膽俱「裂」的感覺，我有同感。

小白沒有回答。

「我在學校，面對學生和家長，也常有這種感覺。」我捻熄了手上的煙。如果是閒聊，那麼手上的煙燒至盡頭時，常是閒聊的結束。如果談話內容很深刻，那麼煙將會一支接一支的點，點到談話內容不再深刻為止。

我從小白的煙盒裡再抽出一支，小白沒有接話，等著我說下去。

「很多學生，很不受教，總覺得老師是討厭他、看不起他，才會罵他、罰他。」

「還小，不懂事嘛！」

「不過，如果連家長也這樣，還得了。」天已完全黑了，打火機將「聖火」傳遞給低首斂眉的香煙，在接過「聖火」後，香煙昂首挺立，英姿煥發。

「家長？」

「是啊，孩子犯錯後，家長拼命幫孩子找藉口。最常見的就是『不得已』。」

「不得已？」

「那種家長總能找出千千萬萬種理由，反正『千錯萬錯，都不是我的孩子的錯』。」我玩起了打火機。

「千錯萬錯……」小白低聲喃喃著，好像在品嚐這句話一般。

「如果我的孩子真的有錯，也是別人的小孩『影響』我的小孩的。」

「唔……」

「如果小孩錯得很明顯，家長會『模糊焦點』。」

「模糊焦點？」看啊，這個頭腦清楚的傢伙也被現今的教育亂象給搞得思考紊亂。也許，這些事，用二十年前，當我們還在受教育時的觀念來想，實在是太超乎常理了吧。

「最常見的一招是『老師沒關心孩子』，言下之意就是老師你沒教好。」

「這倒是釜底抽薪的一招。」

「是啊，現在在和你談孩子犯的錯，不就是想教好他嗎？第二招是『別的同學也這樣，他是看到別人這樣，才會有樣學樣的』。」

「哇……」小白瞠目結舌了。

「遇到這種狀況，家長總希望別人的小孩被罰得比較重。所以，我常會遇到家長互推責任的狀況，總覺得是別人的小孩教壞自己的小孩，如果他們得到相同的處份，兩方都會不滿。」我轉磨著打火機上的火石，讓它發出低聲的嘶鳴。

「是啊，不是我的遺傳基因有問題，是他被壞環境所影響了。」

「是啊，把小孩看成自己的手機、手錶，要高貴、要潔白無瑕，一點錯都不會犯。」

「教不動吧！」小白問。

「一個人不認錯，怎麼改過？怎麼進步？」

「是啊，不認錯不代表沒有錯，只是不去看自己的不足，抹煞自己成長的可能。這些家長知道自己抹煞了孩子成長過程中相當重要的能力嗎？」

「當然不知道。和你剛才提的案子有點像，道德良心責任義務迫使我要繼續努力，勸導家長，教導小孩。但是，理智和情感告訴我，不會有結果的。」

小孩不接受老師的教導，回家後跟家長說老師的壞話，只說老師如何如何罵他、刁難他，完全不說他為何被老師處罰，以及老師如何教導他。這類小孩都是很機靈的小孩，他知道，爸媽不信任老師，他在學校犯的錯，就可以有更多的藉口，有更多的解釋空間。

只求不被罵、不被罰，殊不知，在夾縫中求生存的他，喪失了多少可以提升自己的機會。

「所以每次學生犯錯時，我都必須抽絲剝繭，設法從各種話語和線索裡找出真相，讓犯錯的學生能承認，他們才有改進的機會。」我嘆了一口氣。

「我們的工作真的很像，但你的比我的好多了。」小白捻熄了手上的煙，站起身來。

「你是指？」論社會地位、薪資，都是檢察官較優。

「希望。」

「希望？」

「嗯，一樣都要抽絲剝繭的『辨案』，你的學生還有改變向上的可能。」

「然後？」我也站起身來，七點，黑仔正在店門口牛飲著咖啡，看來他們終於壓哨完成準備。

「在老師們用力教導後，還是沒有改進向上的，最惡劣的一部份人，由學生長成了成人，由成人變成了罪犯，才會到我們這裡來。這裡，我看見的只有欺騙和邪惡。」小白越過我的肩頭，向右確認了下馬路，然後吹著口哨，大步前進。我大步跟進。

馬路上，兩個腳步輕快，心裡卻沉重的中年男子，向著灑出光亮的咖啡小館踱步前進。

主調9

7點10分，黑仔撥了第一下吉他的弦，人聲瞬的停止。

店裡很安靜，老闆阿正為了尊重表演者，店裡人潮最擁擠的表演時刻，不賣咖啡。他怕，怕磨豆機的低聲嗚咽、蒸汽的呼嚕聲、杯盤的鏗叩聲，怕這些平時美妙的聲響，排擠了來賓的演奏，讓演奏者只能有一句沒一句的「插話」。

黑仔的開場白讓現場的聽眾們都笑了。店裡的空間不大，約莫四五十人的聽眾令人產生「爆滿」的錯覺。大家的距離很接近，演唱者和聽眾、樂器和耳朵、音樂和心靈的共鳴，近到幾可化解那層冷漠的隔閡。

雖然坐得近，黑仔臉上的皺紋和額上的花髮卻模糊了。一團三人，黑仔彈吉他，另有一支「貝斯」和一架「鍵盤」，三人臉上的歲月痕跡，在賣力的演奏中，彷彿被拉平、扯直了一些。是燈光的關係嗎？

第一首就搏得滿堂采，幾個聽眾已起身到櫃臺前購買了專輯，這是黑仔他們前些時候錄下的紀念。

「賺了點錢，該花些讓自己覺得不虛此生了。」黑仔拿到專輯後說。

專輯當然是四處送給認識的人，但，剩下的那些怎麼辦？後屋咖啡的阿正在接到我給的黑仔專輯後，他有了想法。

「請他們來表演，做個義賣好嗎？再看看所得要捐給地方上的哪個機構。」兩句閒聊，幾個有心人，成就了今天的活動。

小白在櫃臺幫忙黑仔賣專輯，負責站櫃臺的妹妹，一頭褐髮，兩眼煙薰，十足的網路自拍正妹。小白正和她有一搭沒一搭的聊著。

我和社長在「顧廁所」。這是一樓的角落，廁所旁，小小的木桌。熱絡的氣氛到這裡已成強弩之末，當店裡的人都被弦歌聲吸引時而背對我們時，彷彿一道長城將我們隔絕在世界邊陲。

「小玫的那件事，你怎麼想？」我覺得這是今天提這件事的唯一機會。

「我大概聽她說過了。」小玫不常有事需要大人擔心，所以我一提社長就知道是哪件事。

「我……」猶豫。

「嗯……」

「我要先道歉，上星期五，在米瓦，我隨手動了你的相機。」社長聽了，將原本凝視桌上咖啡的目光抬高到我的臉上，我彷彿見到他的瞳孔逐漸收縮著。

「嗯，你馬上放回去了，你不必那樣的，你大可隨意把玩的。」社長沉重的說。

「嗯，你也不必那樣問的，看到我手上拿著你的相機，就知道我在玩弄相機，你一向不是小氣的人，也不是有潔癖的人。」我也沉重的說。

「因為……」社長又低下了頭。

「照片嗎？」不是相機，當然就是相片了。

「這……和小玫有關嗎？」社長又緩緩的抬起頭來。

「小玫沒有告訴你她和同學爭執的原因嗎？」我不自覺的提高了語調。

「她只說那男同學的嘴太壞，我想，小男生頑皮，逗女生，常會亂說話。」

「那男生的確是貧嘴。」

「他說了什麼？」

「他說，『女人才會外遇』，或是，『女人比男人容易外遇』之類的話。」我已無法一字不漏的轉述，不過，這些應該已經足夠讓社長去判斷了。

社長的目光失去了焦距，眼睛直瞪著桌上的，彷彿跌入了思考的漩渦中，良久。

一陣掌聲，黑仔一首自創的抒情曲所換得的，將社長從思緒中拉回，當他發現我正盯著他看時，才驚覺自己的失神，啜了一口杯壁外緣凝滿冰珠的甘蔗冰咖啡。

「想談嗎？」社長的心是顫抖著的嗎？

「雖然想到會造成這樣的影響，但聽到了還是很心疼。」這心疼自然是針對孩子的。

「所以……」我謹慎措詞。

「我有外遇，你們已經看到照片了吧？」社長的肩膀垮了下來，人瞬間老了十歲。

「你怎麼……」我還是沒把話忍住，只好硬生生的吞進剩下的一半。

「娘家出錢蓋了醫院，我當了副院長，該算是準院長了，而且老婆賢淑，事業也很成功，我將醫院打理的有聲有色，小孩乖巧。你想說的是這些吧？」

「我和小白喜好美色，喜歡到處吃『冰淇淋』，可是你，你怎麼會？」眼睛吃冰淇淋是我和小白的共同「嗜好」。

「哈！」社長慘笑了一聲，對我的「信任的懷疑」投以感激的眼神。

「你啊，總是那麼正直，和你的頭髮成反比。」我拿社長的卷髮開了個無趣的玩笑。

「是真宜先外遇的。」真宜是社長的老婆。

「什麼？」這實在是太令人難以相信了。

「嗯，她烘焙坊的事業也是那個男人鼓勵她的。」

「這樣算起來，至少有5年了吧？」烘焙坊是5年前開始營業的。

「六年了。」

「你早就知道了？」

「一開始就知道了，她不是一個會隱瞞的人。」

「你能忍受？」社長是個正真的人，特別重視誠信。

「當然不行。」

「後來呢？」

「從相親開始，我們就知道兩人應該合不來，但雙方家長都認定這是樁好親事，所以我們就試著努力相處。然後，我忙醫院，她專心顧小孩，久而久之，交集就越來越少了。」社長停了一下，又繼續說：「其實，剛發現她不對勁時，她就向我承認，並提出離婚的想法。」

「後來呢？」我仔細的回想，六年前的社長是否有些異樣。

「我們談了很多，為了小孩，我們維持婚姻，但感情方面則是『自理』。」

「自理？」好特別的用詞，但仔細一想，這詞用得還真精準。

「小孩漸漸長大懂事，要瞞也不容易吧！」我嘆了口氣。

「只是，美娟和我的關係先曝光了。」

「那麼，媽媽的……事呢？」我擔心的問。

「嗯，讓他們對媽媽維持信任感是很重要。」言下之意就是小孩還不知道媽媽的外遇。

「你不覺得冤枉嗎？」畢竟是妻子先外遇，社長才陷入感情空窗的。

社長不說話。

「你和美娟怎麼辦？」兩人差了19歲。

「我也說不上，就是互有好感，比朋友更好一些，情人嘛……唉，我不知道。」社長有些侷促不安。

「那她的想法是？」

「她應該是覺得自己還年輕吧，要多嚐試，我說不定只是一個她所嚐試的『錯誤』之一罷了。」社長無奈的說。

「我覺得她不是這種女孩。」雖然老套，這是我唯一能安慰社長的話語。

「可能是吧，更重要的一點是，我們差了20歲。」社長拿起透明玻璃杯，啜了一口甘蔗冰咖啡。甘蔗汁的清香讓社長的眉頭輕展，隨後入口的美式碳焙咖啡的苦澀，又糾結上眉心。

杯壁上凝結的水珠凝聚在一起後，滴落在粗糙的木桌桌面上，像一滴淚，在桌面上絕望的飛濺，又像一滴血，沉重的俯趴在桌上，染深了桌面的顏色。

社長的心房上是否也凝滿了水珠呢？心是否也冰冷了呢？

抑或，這才是他真正的「初戀」，在真正開始追尋新戀情的過程中，他的心正火熱滾燙？

也許是又冷又熱，也許是忽冷忽熱，反正，絕不會是溫煦平靜的就是了。

「我真愧為你的朋友。」

「不，是我極力隱瞞。」社長頓了一下又說：「我現在才發現，愧為你朋友的人是我。」

那時，我伸手握住了他的手。那時，我倆都很激動，臉上甚至有些微微的發燙。

現在回想起，讓我有點擔心，那時，是否有人將我們誤認為同性戀大叔。

主調10

下午7點35分，後屋咖啡，黑仔樂團的義演接近尾聲。

熟悉的和弦拍擊著耳膜，按摩著心臟。我和社長起身，悄悄加入人群。

~~也許我一個人，不能成就一番大事業，讓我盡力貢獻一份微薄的力量~~

~~也許我自己，不能發出萬丈光和亮，但我能為斗室帶來足夠的光芒~~

每次，聽到黑仔唱著樂團的自創曲，我總覺得，他們這樣要紅實在有點辛苦。

沒有背景，沒有姣好的容貌。

可是，每次聽到他們演唱這首巫啟賢的《小人物的心聲》時，又會突然覺得奇怪，他們怎麼會紅不了呢？

～～我從來就不在乎，自己不是一個大人物～～

～～因為平凡也是一種幸福，看到名人總是忙忙碌碌～～

～～我的時間由我控制，平凡日子一樣會充實～～

這歌，不管聽幾次，都給我滿滿的感動，甚至是激動。

當成一個沒沒無名的樂團的「安可曲」，真是再令人動容不過的了。

「乾杯。」鋁罐發出沉悶的咚咚響聲。

公園裡的涼亭下，石桌上擺著剛從超市買來的滷味切盤，還有兩手啤酒。

「恭喜你啦，演出很成功。」社長今天酒喝得特別快，他已捏扁手上的罐子。

「是啊。」我也跟進。

「唉，如果早知道，說不定夢想就不會溜走了。」黑仔笑著說。

「早知道？」小白揚了揚眉頭，看來黑仔給的答案如果不夠好，就得接受小白一陣犀利的轟炸了。

「當初，如果多找幾家唱片公司，簽了約，唱些不想唱的歌，穿些不想穿的衣服，出席些不想出席的活動，上些不想上的節目，說不定，我就能靠著演出來過生活了。」黑仔緩緩的說。

「說不定？」小白訕訕的問。

「所以，你想重回十七歲嗎？」社長手上又一鋁罐發出吱吱咔咔的被擠壓聲，這傢伙，今天也喝太快了吧。

另外的三人猛然抬頭，定定的看著灌飲著第三瓶金牌台灣啤酒的社長。仰天的長飲，瘋狂上下抽動的喉結，任憑誰也阻止不了的喉結。

冰涼微刺的酒液快速的流入社長的喉頭。吃驚、懷疑、不解，甚至是那一絲莫名的恐懼，穿過眼睛和耳朵，襲進我們的心頭。

「你還沒放棄？」小白對著社長說。

「你想放棄？」社長對著黑仔說。

「不想。」黑仔猶豫了一下。

我和小白則是驚訝的看著黑仔。

上次在米瓦的聚會，他還把正在談論著回到十七歲好處的我們臭罵了一頓，現在竟然來了個大倒戈。

「你？」我只能這樣表達我內心的驚訝。

「你上次不也看到，辛苦的為了小孩放棄夢想，她們卻為了個甚至是不是他老公都不知道的人拋棄了我。你知道剛才重新在眾人面前表演的我，看到聽眾的眼神，聽到聽眾的吶喊，心裡有多麼的激動嗎？」黑仔說完，也喝乾了手上的啤酒。

「我也想。」小白淡淡的說。

「你？」今天晚上，驚訝使我的語言能力退化得十分嚴重，退化到已經無法組織完整的句子。

「先是她說不要小孩的，我花了多少力量和親人們周旋，花了多少唇舌和朋友們『解釋』，一遍又一遍的，幾乎連我都相信了自己對無法擁有孩子的惋惜。」小白也展現了喉頭抽動的功力。等他將酒罐慢慢的放下後，才說：「然後，等到她說想要孩子時，已經是高齡產婦了。老天爺降下懲罰，我們竟怎麼也無法擁有孩子。」

原來，小白的膝下無子，竟然是這樣的峰迴路轉。

「解釋？是欺瞞吧！」黑仔終於逮到小白的辮子。

「你也是個高明的騙子。」社長的嘴裡充滿了苦澀，對著小白說。

「也？」黑仔皺眉。

「我的婚姻早在6年前就已剩下一紙合約，我和真宜都各有對象。」說完，社長彷彿鬆了一口氣。

「你和美娟？」小白應該也想起了上次聚會時，社長相機裡的大溪老街出遊照。

社長點點頭。

「我們到底算不算是好朋友啊？」小白肆虐的語氣惹得大家都笑了，有氣無力的笑。

突然，大家轉頭向我。

我直覺的摸向自己的臉，然後，我才意識過來。我不知道和何形容他們三人的眼神，那令我永生難忘的眼神。

那眼神帶著一股期待，期待我也欺瞞了些什麼嗎？還是期待我也能進行告解，鬆下心上的大石？還是期待我能帶給大家些什麼驚奇？畢竟我是最怕事膽小的一個。或者是期待我的卑劣，哪怕是小奸小惡，藉此減低他們心中一絲絲的罪惡感呢？

「我什麼都沒做。」我不知所措的說，看著混著安心、失望、理所當然的表情，有個東西衝上喉頭，嚥也嚥不下去：「我恨自己什麼都沒做，我沒有東西可以欺瞞你們。」

這東西一衝出喉頭，我就認出它是什麼了，它是恐懼，對懦弱的恐懼。我害怕，害怕自己很懦弱。看來中規中矩，其實是不敢與眾不同，不敢做自己。做任何決定，都是「為了保險起見」，做任何選擇，都是「保守估計」。

「我恨自己，恨自己的生活無法讓大家驚訝。」

「你這句話讓我們驚訝了。」小白認真的說。

「你不也認真的寫著小說，想把自己的想法和大家分享嗎？」黑仔試著安慰我。

「那種小說恐怕只有狗想看，而狗看不懂文字。」沒有人笑，我自己也沒有。

我勉強自己笑，聲音卻有點像是頑皮的小孩拼命按壓缺水的熱水壺一般。

「你喝多了，酒可以多喝，這種事少想一點。」黑仔式的安慰。

小白和社長瞟了一眼我面前的石桌一隅，看見了桌上只有剛剛從後屋咖啡外帶的半杯摩卡，冒著冰冷水滴的摩卡。

我連一滴酒都沒沾。

十一點，家。

隔著窗簾，透出淡淡的黃光照在車的引擎蓋上，那是防盜燈，定時的開關好讓竊賊以為家裡有人。

停好車後，我在駕駛座上，靜靜的回想著剛才的聚會。他們是否也像我一樣，還來不及理解發生了什麼？發現了什麼？現在是否也正在默默的反芻呢？

一封厚厚的牛皮紙袋，大剌剌的斜躺在信箱裡，上半身無力的垂掛在信箱外頭。

又來了。

我粗暴的拆開紙袋，倒出了一疊因中箭而墜落的白羽，在空中做出最後一個掙扎的迴旋，啪搭一聲的跌落桌面，兩翼、長頸、雙爪呈現出詭異的擺放角度，就一動也不動了。

另有一張紙箋，翻飛不停，小小的紙箋竟然承攬住如此多道的浪頭，一道又一道，一翻接著一滾，像個衝浪好手，乘著最後一道浪頭，平穩的將浪板停在潔白的沙灘上。

彎腰，從拋光石英磚上撿起紙箋，約莫兩張名片大小的紙箋。

紙箋不大，因為上面所需傳達的訊息不多。

不過就是「很感謝」、「再努力」一類的話。

這種已看了多次的話。

憤怒的將紙箋揉成一團，用力的拋向櫥房角落的圾垃桶，紙團卻因空氣阻力而急速的下沉，完全偏離了預期的航道，滾了一圈半，擱淺在餐桌上。

抓起客廳桌上的白羽，我搖了搖牠，牠的頸子和四肢無力的下垂著。這疊厚厚的原稿，現在的價值，不正像一隻血液正在快速流失，生命力正在快速消逝的鳥嗎？像一隻垂死的鳥一樣，任誰也不會想再多看牠一眼。

我翻開了一頁，讀了一小段，憤怒再度由心底湧現。

這樣的東西，誰會想看啊？

想想這幾天發生在我們四人身上的事情，比我的小說精采多了。這就是人生吧？這就是真正的人生吧！也許不像小說情節的峰迴路轉，但絕對比小說更具感染力，因為，人生不能重來。

變奏1

10月27日，星期六，晚上10點，米瓦。

黑仔到了，搬著一箱酒，沉甸甸的一箱。

社長正將我帶來的鵝肉擺進磁盤中。

忽然一陣轟轟聲由門縫鑽進來，由它的來勢洶洶，可見聲音的主人就在米瓦門口。正當我們面面相覷時，一道低沉喇叭聲傳來，接著，又是一道，接著，又是一道。

「該死！」黑仔低聲詛咒著，轉身推門，想看看到底發生了什麼事。

一開門，一道強光射入，刺得我們三人眯起了眼睛。然後，燈忽然熄了，車上的身影終於慢慢的從車頭燈後的黑暗浮現，是小白，手上拿著安全帽，故作瀟灑狀的對我們打招呼。

「我早就想這麼做一次了。」又是一句惹人翻白眼的經典對白。

二樓，露臺。

「星期一報名，星期五考試，星期六拿駕照，今天早上牽到車。」小白述說著他的「衝動」重機考照過程。

「被你搶先了，FZ6N，好車一部。」一直夢想著能騎重型機車的我，一直在計劃著，卻一直推遲計劃，生命中一直有比這更重要的東西。

「是紅牌的，稅金比較貴，老闆說的。」這種小錢對小白來說不算什麼。

「嗯，是紅牌的入門，六百CC的排氣量。」這部車也在我的考量清單內。

「這跟結婚有點像，靠計劃可以完成婚禮，但，你必須得要有衝動才能結成婚。」我們四人都笑了。

黑仔從紙箱裡面拿出橘色罐身的啤酒。

「這是？」小白問。

「芒果台啤。」黑仔回答。

「啥？」我和社長不約而同。

「台啤加上台灣本土好水果，芒果。」

「也對啦，現在市面上充斥的各種比利時水果啤酒，是個大商機。」小白說。

「比利時的一罐一百五十元，這個呢？」我問。

「30大洋，酒精濃度也比較低。」黑仔遞了一罐給我。

「不好喝。」小白放下手上的空瓶。

「多喝幾次再評價吧！」社長笑著說。

「你們呢？」小白抬頭望向我和黑仔。

「喝不習慣。」黑仔說，我也點點頭。

「對不習慣的東西感到不喜歡，代表我們已經老了，失去了對新奇事物的想像力。」我說。

「屁啦！」異口同聲。

「那我們下次聚會到火車站去，就坐在通往後站的天橋上，好不好？」

其他三人默不作聲。

「是不是覺得麻煩？吃的要放地上？上廁所要走很遠？人來人往？太吵？有風有沙？」一個問題接著一個問題，反正這些是不需要答案的問題，我索性一口氣說完。

「十七歲時，我們會這麼覺得嗎？」又是一個不需答案的問題，又是一樣的沉默。

「我想去考重機駕照。」

「對啊，你已經提過好幾次了，還說是你的夢想，現在被小白搶先了。」黑仔笑著說。

「是啊，夢想竟然這麼小，說了我自己都害臊。我曾問未婚妻，考了照，買了車後，去環島好不好？」四人又是一陣沉默，這也是個不需要答案的問題。

「她說，坐機車到鄰市去看電影都已經讓她卻步。她懷念大學時代的一台機車走天下，但是，她不會想重溫，因為不習慣了。她最後還補了一句話……」我沒把話說完，因為大家都知道答案。

「老了。」雖然大家都知道答案，但這時異口同聲的說出來不是為了解答，而是一種幽默，是一種浪漫，一種「知其不可而為之」的「多此一舉」的奇異心理。

「我會衝動去考照，應該算是對『老了』的一種抗爭吧！我們不得不老，所以想做些什麼。」小白臉上露出難得迷惘。

「接下五股十字金剛杵時，你就想重回十七歲了是吧？」黑仔難得犀利。

社長點點頭，小白露出一副我早就知道的表情。

「你們只想體驗一個月，還是想就此回不來？」我試探的問。

「不管如何，你都要幫我們，不然我們只有三人。」黑仔對著我說。

沉默，這沉默的氣氛竟默默的滋長了一股驚異，驚異慢慢的，卻實實在在的充斥在四人之間。

「該不會，你們三人都不想回來？」這個答案隨著沉默而浮現，清晰的浮現。

我們四人，像是一群愛幻想的小孩，從孩子王的口中聽到一個天馬行空的幻想，接著是一陣嘻笑怒罵，然後是互相挖苦，最後，竟然開始計劃著如何去捕捉星星。

這時，才深刻的感受到，我們在討論的事情，即將改變我們的一生。迷霧茫茫的人生前程，此時竟像是更加的幽深黑暗，更加的未可知了。

「嘔」小白乾嘔了一聲，兩眼瞪大如銅錢。我也覺得胃裡有些翻攪，這種恐懼，真讓人不想再重次體驗。

「怎麼了？喝太多？」神經大條的黑仔還在狀況外。

「你是因不想回來才接過這金剛杵的？」灌了一大口微酸的啤酒壓住噁心感，我有些發抖的對著社長說。

「然後要我們三人幫你……『消失』？」黑仔難以置信的說。

「你對現在的生活沒有留戀了嗎？你太無情了吧？」小白稍微冷靜下來。

「我無情？也許是我不幸吧！我是你們之中最不幸的。」

「不幸？多少人想過你的生活。」黑仔難以置信的口吻中，帶著強烈的諷刺。

「可是我並不想過這種生活。」社長有力的反擊。

「老大不是我的小孩。」因為黑仔有四個女兒，而我們總是搞錯他的女兒們的名字，所以我們常直覺的稱她們為老大、老二、老三、老四。

「什麼？」我脫口而出，黑仔是那麼的疼愛他的女兒，說她們是千金一點也不為過。

「老大是小綺和前男友的。」黑仔若無其事的說。

「她知道你知道這事嗎？」我問。

「結婚前她就告訴我了。」黑仔的聲音完完全全由悲苦組成。

「有情無情？是無情造成不幸，還是不幸導致無情？」我喃喃的說。

如果社長的無情造成他現在的不幸福，或說社長的不幸福造成他現在的無情，那麼，如此有情的黑仔現在為何也會感到不幸呢？

四人陷入沉默，這劣質的沉默讓人窒息，不像每次聚會前的「儀式」，在沉默的十分鐘的儀式中，大家是享受的、愉快的。

「那『十字金剛杵』，能讓我們四人變回17歲一個月。」大家抬頭看著我，等著我繼續往下說：「回來後的一個星期內，要決定是否永遠變成17歲，是嗎？」

沒有人回答，答案應該是肯定的。

「怎麼決定呢？」小白問。

「我們四人各執金剛杵一端，然後一起拔開金剛杵，就能藉著金剛杵的法力變回17歲的身體。一個月後，再把杵組合回來，就又可變成40歲的我們。一個星期內，想永遠變回17歲的人，只要再次拔下金剛杵的一端，就能實現願望。」社長一口氣說完。

「那麼，我想幫忙社長？」我說。

「這太卑鄙了吧！你還是一貫的風格啊！」小白淡淡的說出，眼神卻讓我很不好受。

「你這話什麼意思？」黑仔替我抱不平。

「他難道不想重溫17歲的生活？卻要躲在『想幫忙朋友』的這張面具後面。」

小白張開左手，用手掌做了個面具的手勢，作勢罩在我的臉上。

「你……」我感到一陣氣憤，臉上發燙。

「別說氣話。」社長將衛生竹筷塞入小白的手上，將他的手按回桌面上，讓筷子插進了一塊豆干裡。

小白順勢將豆干塞進嘴，配了大大的一口啤酒。

「是，我是爛好人，可是這世界上如果沒有我們這種大多數的爛好人，你們這些人怎麼能活得我行我素。」我感到臉上的滾燙蔓延，由臉頰到脖根，由脖根到耳後，整個胸腔像是被點燃的氫氣球，即將爆炸。

「別分你們我們。別說氣話。」社長也將筷子塞入我的手裡。

「我實在不懂，為什麼不回來？不回來，就等於你從這個世界上消失了，這是件很可怕的事情，你們不覺得嗎？」我連珠炮似的說。

「我倒寧可認為這是一種獎賞，讓人能重活一次，再重新體驗其他的選擇。」小白回嘴。

「不能讓其他人知道，這哪裡算得上是『獎賞』？你必須丟棄你這四十年來所擁有的，你所努力擁有的。」我感到自己已有些氣力耗竭，腦袋開始混亂了。

「不丟掉，怎麼擁抱新的？」社長忽然接話：「你看過貪心的小孩嗎？在派對中拿到禮物後，捨不得拆開，然後急著從別人的手中搶過另一個禮物。懷中的禮物越來越多，多到雙手已無法拆禮物，卻不敢放下手中的禮物，因為怕被別人搶走。這時禮物已成了一種負擔，一種無法原本該是享受的負擔。」

「你是這樣貪心的小孩？」黑仔問。

「我們都是，誰不是呢？長大了之後，誰不是呢？學歷、收入、車子、房子、妻子、兒女……」小白回答，停在了兒女這項，略顯哽咽。

人長大了之後，很多事放不下，不想放下，不敢放下，不能放下。

柳宗元的寓言〈蝜蝂傳〉：「蝜蝂者，善負小蟲也。行遇物，輒持取，昂其首負之。」寫的是一種叫蝜蝂的小蟲，牠不斷的將找到的東西放在背上，又喜歡爬高，最後把自己給摔死了。

寓言，常常託物言志，字面上寫得是小蟲，實際寫的是人。

犯了教師職業病的我，正想分享這篇文章時，社長打斷了我：「日本有很多失蹤人口，他們並不是全消失了。」

「你是指？」小白和社長好像是目前還能保持冷靜思考的兩人。一個學法，一個學醫，和這個有關嗎？

「一部份的確是消失在樹海裡。」社長幽幽的說。

「樹海？」黑仔的嘴裡還有滷海帶。

「日本是自殺率世界『領先』的國家，但在日本，自殺的行徑本就不光彩，自殺者不希望自己的屍首被人發現，於是對於『自殺』天時地利人和的青木原樹海，成了冤念叢生的自殺勝地。樹海坐落在富士山山腳下，每隔一段時間，警方都得上山收屍，地形復雜的樹海，一般人進得去出不來，讓想自殺的人，沒有後悔的餘地。」

「沒有後悔的餘地？」黑仔問。

「輕生的念頭往往是一時的，但在面對死亡，面對死亡的未知時，人還是會恐懼的。」社長斬釘截鐵的說。

「這一區生長的樹種單純，走在樹海中每個地方的景觀都很類似，再加上地底下有蘊藏磁鐵礦，指南針無法正常作用，整片樹林茂盛濃密，遮天蔽日，也沒有辦法用太陽來判別方位。」如數家珍，小白一定又上網做過功課了。

「看來你也發現。」社長苦笑。

「發現什麼？」我還是一頭霧水。

「想重頭過人生的人，很多。」小白吊胃口的功夫一流。

「這兩事有什麼關係？」黑仔又皺眉了。

「日本有很多人，被車貸、房貸壓得喘不過氣，沒有愛情的配偶、沒有成就感的工作、沒有親情的子女，一生彷彿都是在被迫中完成，彷彿這一生都是別人的一生。」小白分析道。

「別人的？是指道德輿論或是社會期望嗎？」我試著釐清腦中的疑問。

「可能是吧，沒有勇氣做自己。順著社會期望過了半輩子後，忽然有了『這不是我所要的』的念頭。」社長語音空虛，活力全被抽乾一般。

「沒進『樹海』的那些呢？」黑仔問。

「他們成了『消失的一群』。根據日本警視廳統計，2008年日本失蹤人口高達84739人次，平均每天都有超過200人失蹤，這不能不說是舉國震驚的現象。或許就在不經意間，你周圍重要的家人、戀人、朋友突然就消失了……」我實在非常佩服小白的這種能力，處理繁複的資料，然後簡單有力的呈現出來。

「消失？一部份進了樹海，另一部份？」黑仔努力推斷。

「變成另一個人，低調的過活，過著自己真正想過的生活。」小白有些不耐煩，早早的說出答案。

「所以，這個金剛杵的法器，和這個現象有關。」我大膽的推測。

「那，交接給你的那個日本醫生，他有用過嗎？」黑仔問。

「不能說，會觸犯第一條規則。」社長神色凝重。

「第一條？」黑仔努力的回想，他一向無法處理這些仔細的資料。

「規則一，知道這法器功用的人，除了要交接出去之外，不能向任何人提起。規則二，想要施法必須有四個人，這四個人也不能將此事透露給別人知道。規則三，四個施法的人，在歷經一個月的旅程後的一個星期內，可以選擇永遠變成十七歲的少年，重新過一次人生。」這是小白的強項。

「他只能告訴我規則，不能告訴我經驗。」社長無力的說，他的心裡一定十分的猶豫與掙扎。

現在又是一陣沉默，迫人的沉默。

「我想試。」小白忽然出聲，聲音雖然不大，卻令我震耳卻聾。

「我。」社長也半舉起手。

「我。」黑仔也半舉起手。

然後，又是一陣迫人的沉默。三人轉頭望向我時，我聽見了自己的心跳聲，後一聲催著前一聲，一聲大過一聲，轟咚……轟咚……轟咚……

我看見了他們眼底的不理性，一種狂熱，一種說不出來的狂熱。他們全中了邪。對，就是這種感覺，他們中邪了。

我記得了那則故事，上次在課堂中，夾雜著學生笑語聲的閱讀測驗題的題目。

從前，有一個威嚴賢明的國王，統治著遙遠的維蘭尼城。他的威嚴令人敬畏，他的智慧令人愛戴。在維蘭尼城的中心有一口水井，井水清涼明澈，全城的人包括國王和大臣，都從這口井汲水，這是城裡唯一的一口井。

一個黑夜，女巫潛入城中，在井裡倒入七滴魔液，說：「從現在開始，不管是誰，飲用井水都會發瘋。」第二天早上，城裡的人都喝了井水，就像女巫預言的一樣，大家都成了瘋子。城裡只有兩個還沒喝，一個是國王，一個是侍衛長。街道上，市場中，人們在竊竊私語，說：「國王瘋了，侍衛長瘋了！我們不能讓一個瘋子統治國家，我們要把他廢掉！」

到了晚上，國王叫人取了滿滿一杯的金水。水一送到，國王便喝下了一大口。再把剩下的水賞給侍衛長喝。於是，維蘭尼城歌舞昇平，歡騰鼓舞，他們在慶祝國王又恢復英明睿智。

或者，中邪的人是我，我才是那個異類。

變奏2

11月3日，星期六，晚上10點半，火車站，天橋上。

這是連結火車站前站與後站的人行天橋，來來往往的人很多。

11月了，時序已完全轉入秋天，在夜班夜課的人潮過後，風竟一陣冷似一陣。有些看電影或逛街的少女硬是要展現絞好的青春，在大家加上衣物的此時，還是無畏的展現著她們的窈窕，低胸緊身衣、緊窄短裙等，我盤坐地上，照單全收，打發著等人的時間。

該死的三個人，遲到30分鐘了。

又是個美女。綠色的艾迪達運動套裝，短版的連帽長袖上衣略微收束，襯出纖細的腰肢，健美的雙峰因纖細的腰而更顯堅挺，合身的運動褲緊貼著渾圓的腿，在小腿處卻悄悄散開，拂著微舊的白色帆布鞋。她走路有種獨特的韻律感，像是國標舞者輕點著步伐，蓄力以待下一次的旋身飛躍。

我連背影都不肯放過，好美，好性感。回過頭時，我看見了他們三人。

三個40歲的中年男子，標準的中年男子，長相、衣著、走法、眼神、氣質。

「帕」的一聲，一個沉甸甸的資料夾被丟在身旁粗糙的水泥地面上。是小白丟的。三人拉了褲管，盤腿坐下，靠著水泥扶手排排坐。

我抽開拉鏈，推倒背包，讓它吐了一地啤酒。

放下手中的塑膠袋，整袋的燒烤，在昏黃的燈光下，被油浸漬得軟爛的紙袋趴在一串串的燒烤上，像是個穿著白色制服剛跑完操場的胖學生，溼溼膩膩黏黏滑滑的。

我馬上拿起一串米血，酥酥的外層阻擋了我的牙齒，激起我用力咬下的慾望。

「資料都在這裡了。」小白指著地上的資料夾。

「天氣一變冷，燒烤的生意更好了。」黑仔也拿起一串燒烤。

「我在火車站前遇到他們兩個。」社長淡淡的說。

好樣的，大家說了理由，就是不跟我道歉。我們之間不需要道歉，不過，聽不到道歉心裡總感到怪怪的，我被制約了嗎？

儀式開始了，大家保持10分鐘的沉默。

轆轆的鋼鐵轉軸聲，因風而飄忽不定的月台廣播聲，轟轟列車離站低吼聲，吱拐到站列車剎車聲。

這裡變了嗎？變了多少？

昏光的燈光，黯淡的星光，月台上連番抬頭看著時間的乘客，來往匆匆的行人，斑駁的水泥天橋扶手，水泥裂縫中的小小小草。

電氣化鐵道的高壓電線，四面八方的包圍著我們，像極了一座擂台。昔日，我們與懵懂無知對抗，今日，我們依然與懵懂無知纏鬥著。

這裡沒變。

「23年了，這裡很多東西沒變，也有很多東西變了。」10分鐘過了，我首先開口，大伙不習慣的看了我一眼。

「低頭『滑』著手機的人變多了。」順著黑仔的眼神望去，果然，月台上的候車者大半專心的盯著自己的手機。

「一定有變，只是變得多或是變得少而已。」小白說。

「我們也變了。」黑仔又說。

變得更好，或是變得不好，大家都在心裡思考著這個問題吧！因為，沒有人接話。

「誰有辦法了？」小白又拉回正題。

要找出一個辦法，讓我們能順利的從家裡離開一個月的辦法，從原有的生活中抽離一個月的理由。

商議，過程很天馬行空，有趣嗎？離譜得有趣。

有人提議出差、裝病。這充其量只能騙朋友，同事或家人呢？有人提議裝成抽中旅遊大獎。這騙得過家人嗎？有人提議偽裝成在登山的過程中迷路。這會讓家人急死吧！有人提議留紙條說是要離家出走。但四人一起太過巧合，回來後難免被問及另一人呢？說不定會被當成謀殺案件。

最後，還是小白提出了最周延的辦法。

「你在斯理蘭卡的希望醫院呢？」小白問社長。

「正在蓋，每月定期匯錢過去，那家當地的建築公司沒問題的。」社長說了後眼睛忽然為之一亮。

小白也眼裡含笑。

最後，我們決定的「官方說法」是：

我們四人為了社長在斯理蘭卡的「希望醫院」工程，必須一起到斯里蘭卡一個月。這個月裡，我們會努力協助社長將希望醫院蓋得更好。

當然，我們人並沒有上飛機。在機場解散後，我們四人會藉由「五股十字金剛杵」的力量，變回17歲，身體上的17歲，各自分開體驗自己的新人生。最後一天，約在機場集合。

「那天，我們再把十字五股金剛杵的四端結合起來，千萬別搞丟了，誰知道會發生什麼後果。」小白說完，我的心底冒出一股寒意。

「我們一定要分開？」黑仔問。

「如果讓別人知道自己這一個月中在哪裡，做了些什麼，難保一個月結束後還會有些什麼牽扯。」社長說。

「也就是說，不打算回來的人，可以徹底『蒸發』。」我喃喃的說。

回歸40歲生活的人將協助未回歸的人處理人生的後續事宜。

「回到家後的一個星期裡，找個機會回家，然後再也不回來，家人比較不會懷疑到其他人的頭上。」小白斬釘截鐵的說。

四人又陷入沉默，思索著這個計劃的漏洞。社長突然從懷中拿出了巴掌大的十字五股金剛杵，那黝黑的光澤再度攫住了我們的目光。

忽然，一陣暴響，靠我們極近的一個高壓電桶，冒出了一股青煙。緊接著，青煙轉白，一瞬間，濃煙直冒。

小白連忙拉著社長握法器的手，將它們塞回社長懷中。

「這是公共場合。」小白低聲說。

四人你看我我看你，面面相覷。

不一會兒，我們看見台電黃色的工程車前來搶修。

於是，「這個計劃可行嗎？」就成了今天的回家作業，我們四人的共同回家作業。

變奏3

11月10日，星期六，米瓦，晚上10點。

沉默的十分鐘儀式結束，小白馬上迫不及待的拿出了幾張資料，任它們攤在桌上。

「我查到了有關金剛杵的一些資料。」

我拿起桌上的資料，一邊翻閱著，一邊聽著小白簡述。

某年，釋尊率領一大群弟子在靈鷲山教化眾生。阿闍世王看見那位鼎鼎大名的金剛手菩薩，常常右手持金剛杵，伴隨在佛身邊。他對金剛杵的重量，突然起了疑心！

「金剛手拿的金剛杵，到底有多重呢？金剛手力大無窮，那只杵拿在手上好像很輕的樣子。」

金剛手菩薩明白阿闍世王的疑念，開口說話：「阿闍世王，你好像對我手上這隻杵的重量起了疑問，其實，這隻杵是很奧妙的，不重不輕，輕重全由拿的人的心來決定，而沒有固定重量。」

阿闍世王發現金剛手菩薩的眼力非凡，竟能看穿自己的心事，不禁吃上一驚，同時聽見杵的重量變化，係由持杵人的心來決定，也驚異得目瞪口呆。

「菩薩，為什麼這隻杵竟如此奧妙呢？」

「因為那不是普通的杵。有些人趾高氣揚地表示，自己的力大，或說頗有神通，而想高舉這隻杵的話，這隻杵為了懲罰他的高傲心，會使他難動分毫。反之，有些人正直謙虛，就能輕易地高舉這只杵了，可見這是何等奧妙的杵啊！」

菩薩一面說話，一面拿著金剛杵往地面撞擊，同時運用神通力，轉動了整個世界。然後，菩薩將金剛杵放在阿闍世王的面前。

然而，阿闍世王卻移動不了『金剛杵』。於是就問菩薩要如何才能獲得這樣的神通。

「世尊，菩薩究竟歷經多少修行，才能修得如此神通呢？」

「大王，你問得很好。現在，我就為你和在場的諸位說明菩薩如何證得神通力？大家不妨平心靜氣地聽。菩薩所以能得如此神通力，在於他曾修行十法。十法就是：

第一、即使捨棄自己的生命，也不肯捨棄終身正法。

第二、對人虛懷若谷，絕不在尚未得悟者面前，誇耀自己的證悟。

第三、憐憫許多弱小者，絕不毀損他們。

第四、看到飢渴苦惱者，欣然給予最好的食物。

第五、看到常常惶恐的人，立刻給予安樂。

第六、看到病患呻吟的人，給予藥物和醫療。

第七、施惠窮人，拯救危難者。

第八、看見佛塔、寺院及其佛像，發心打掃清潔、莊嚴佛像。

第九、常用喜悅的言語、安慰世人。

第十、看見身負重擔、困頓疲勞者，立刻慷慨協助。

十法的修行，言說容易，實踐極難。一般人若能實踐其中任何一法，實屬難得。

由於金剛手菩薩能完全修行十法，才獲得深奧的神通力。傲慢與自尊心強的人，大概可明白自己不能動搖金剛杵的原因吧！你們今後要努力修行十法，以成就偉大人格而證悟。」

「是在討論人生中的真實力量是什麼，是嗎？好像宗教宣傳的文章。」黑仔的問題似乎接近問題的核心。

「嗯，在宗教方面，金剛杵一直是破除人心中慾望的象徵，這裡提到的『十法』，都像是要讓人放下過度的慾望，將力量體現在助人方面。」小白分析道。

「真實的力量嗎？」社長喃喃著。

「這和我們的計劃有什麼關聯嗎？」黑仔問。

「沒有，只是剛好看到。」小白哼了一聲，黑仔一向是我們四人中學習意願最低的。

「我想了一整個星期，我覺得計劃可行。」社長切入正題。

「日期就訂在11月30日，那天是星期五，上班日，可減少家人送機。」小白補充。

「11月30號那天，我們在機場集合，等送機的家人離開了之後，我們再偷偷的從機場溜出來。」黑仔說。

「然後找個汽車旅館，利用金剛杵重新『取得』17歲的身體，然後就，咻……」小白用雙手做了個火花四散的手勢，意指四人各自散開，過著自己想過的生活。

「一個月是30天，還是31天。」我看向社長。

「我也不知道，反正我們訂30天，提早一天變回40歲，就隨處再多晃一天就是了。」社長回答。

「也就是，在12月1號淩晨開始，在12月30號深夜結束。」黑仔看著手機上的日曆。

「我們約好，12月30日那天就回到同一家汽車旅館，同一個房間。」小白說。

「嗯，那要記得，在12月1號那天就訂好30號那天的房間。」社長在筆記本上又記下一條。

「還要記得，留給家人的通訊方式，別給了能看見外貌的方式。」小白提醒。

「放心啦，誰會想看四十歲的老男人！」黑仔酸溜溜的說，然後看向我。

「別看我，我跟你不是同等級的，我也是有人想的。」我沒好氣的說。

「不能刷卡和提款，這樣會留下紀錄，要記得先提領夠多的現金。」小白的腦袋真是有夠精密的。

「反正要到……」

大家一句接著一句的討論著，細節也大至抵定。

「回歸的人，如何幫沒回來的那個人呢？」黑仔提問。

「怎麼？放不下嗎？」我歪嘴笑了。

「當家人那麼久了，總要替她們做些什麼吧！如果要丟下他們的話。」黑仔低著頭。

「不然，我們乾脆停下計劃好了。」我藉著機會提出自己心中的看法，雖然現在的我了無牽掛，但心底總是對這個計劃有些不安。

我環視著三人，三人都低著頭，不發一語。

「我們留下遺囑，讓其他人可以幫忙執行的遺囑。」社長提議。

「寫在紙上，越完整越好，眼鏡負責收。」小白指著我說。

「我？」臉上堆滿疑惑。

「是啊，你一定是回歸者，又是國文老師，不是你收誰收。收了之後，你還可以檢視大家的遺囑通不通順、達不達意。」小白說著說著笑了起來。

「改遺囑倒是第一次呢！自傳我倒是每年都改得厭煩了，改改遺囑好像也算新鮮有趣。」我喝了口可樂，心中有點矛盾，雖然知道自己一定要回歸，但被小白這樣說，好像我很沒有膽量，一定不會放手改變現在生活似的。

「下個星期聚會前交給我，我會在下星期的聚會時發還給大家確認。」下次聚會是11月17日，距離『變身』只有兩星期之遙，有點趕。

那天，就這麼散了。

變奏4

11月17日，星期六，米瓦，晚上10點10分。

米瓦樓上露台，我和小白先到了。我將炸雞排和炸花枝丸倒入瓷盤中，聽著酥脆的麵衣碎裂聲和清脆的瓷盤敲擊聲。小白將甜不辣、百頁豆腐和米血倒入另一個盤子，瓷盤和炸物演出了第二部曲。

我將小白的遺囑還給他，條理清晰的遺囑，實在沒什麼好挑剔的，我只改動了少數的幾個連接詞和標點符號。

「你寫得很好，天生就是吃『法律』這行飯的。」

「其實人的能力與興趣好像天生就綁定了，一生的成就取決在於態度。態度對，就能做出許多對自己有利的選擇。」小白將紙袋裡被炸得酥脆的九層塔倒出，平鋪在桌面正中央的盤子上。

「能力能訓練，興趣能培養，不是嗎？」我問。

「俗話說得好，『三歲看大，七歲看老』，把握了國中那人格成長的黃金三年也許行，但大數的中小學生，總是虛擲浪度在教課書及補習班之間。」

「也就是說，身體雖然長大，知識雖然增加，但心靈層面的成長卻有限。」

「是少得可憐才對。」小白接著說：「你還記得你小時最崇拜的卡通人物是誰嗎？」

「鬼太郎吧。因為，他總是熱心助人，想要幫助人類脫離不良鬼怪的危害。」

「你不覺得你很像鬼太郎嗎？」看著小白嚴肅的表情不像在開玩笑。

被小白這麼一提，腦海中倒是閃過了幾個畫面，有些是自己在工作時所遇見的情境，有些則是鬼太郎漫畫中的畫面，甚至有些已交疊在一塊了。

「有一點。」我笑了，小白總能說出一些「出乎意料之外，入乎情理之中」的見解。

「我啊，小時最崇拜的就是蜘蛛人了。」

「嗯，但那和你的工作有關係嗎？像蜘蛛人一般鏟奸除惡？」小白雖不是瘋狂蒐集者，但關於蜘蛛人的周邊產品倒是不少。

「不，應該是更精神層面的。不然，你喜歡鬼太郎就乾脆去當道士就好了，一樣是抓鬼收妖嘛！」小白故弄玄虛。

「什麼抓鬼收妖？」社長的的聲音從樓梯間傳來。

社長脫下外套，放下手上的瓶裝柳澄汁。

「柳澄汁？」我失聲道。

「黑仔叫我順道去買的，他快到了。」社長一臉無辜貌。

「我是已經到了。」樓梯間響起一陣腳步聲。

看見黑仔隨手放在桌上的東西我稍稍放心了一點點，那是一瓶伏特加。可是，他接下來由外套口袋中掏出的東西卻令我們三人都皺了眉，那是一根螺絲起子。

「哈哈哈，換你們皺眉了吧，原來看著別人皺眉是這麼有趣的事啊！」黑仔原來早就知道我們常把他的皺眉當成娛樂表演來看。

「今天就喝這個？」小白疑惑的問。

「今天喝『螺絲起子』。」黑仔開心的說。

「難怪，有伏特加，有柳澄汁。」我們三人恍然大悟。

「那這根螺絲起子？」我還是感到疑惑。

「愛上酒吧的人都喝過『螺絲起子』，但卻不知道它是怎麼來的。」黑仔故弄懸虛，怎麼今天大家都喜歡搞神祕？沒有人接話，黑仔接著說：「他是美國的油田鑽井工人，被派駐到阿拉伯還是哪裡的油井去後，常用馬克杯盛柳澄汁，再偷偷加入自己帶在身上的伏特加酒，然後，抽出工具腰帶上的螺絲起子，就這樣攪一攪，一杯調酒就完成了。」

「有點髒，螺絲起子沒洗唉。」小白嘟噥著。

「酒精能殺菌啦，對吧！」黑仔看向社長，這種問題問醫生最準了。

「在那種狀況中，酒精的殺菌功效不大。」社長搖搖頭。

「這螺絲起子哪來的？」小白問。

「擺在我車子裡的，沒用過。」黑仔妙答。

「沒用過就沒細菌嗎？」小白尖聲。

黑仔自顧自的將柳澄汁倒進馬克杯中，將伏特加酒倒進杯中，然後，大喇喇的將螺絲起子「插」進杯中，徹底的攪拌後，將螺絲起子放回桌上，啜了一口，嘴裡還喃喃著「又不會死」一類的話。

我照樣調了兩杯，一杯我的，一杯社長的。小白自己調酒時，則堅持使用插鹽酥雞的小竹籤攪拌。

「剛才在說什麼收妖抓鬼啊？」社長忽然又提起。

我和小白一人一句的將對話重點式的重現。

「我啊，與其說是喜歡蜘蛛人，不如說是喜歡蜘蛛那網住獵物，步步近逼的快感。被送到我手上的犯人，就是落入網中的獵物，我一項一項的找出証據，最後，起訴有罪的人，那種感覺，就像是飽餐一頓後，躺在網中央賴散望著天空的蜘蛛一般。」小白的眼中流出一抹興奮的光芒。

我感到有些寒慄，這種幾近動物性的本能慾望，總是會讓人感到一股敬畏。

「喂，看你這樣，如果你沒有回歸40歲的這個人生的話，你的新人生搞不好還是和現在一模一樣吧。」

「別傻了，如果我不回來，那我就是個失去身份的人，除非我用不法的手段取得新身份，否則我怎麼任公職？」小白的眼裡流露出一抹失落。

「還是，要暫停計劃？」黑仔低聲的囁嚅著，這樣的他非常少見。

「怎麼？你反悔了嗎？」小白的語調尖銳，黑仔的低聲囁嚅，讓小白覺得有被人憐憫的感覺，而小白最不喜歡的就是受到別人的憐憫。

「我，既然答應要做，就會做到最後。」黑仔也有點動怒了。

眼看氣氛又要鬧僵。

「我喜歡的是怪醫黑傑克。」社長的話果然成功吸引了大家的注意力，切斷了一觸即發的情緒引線。

「後來你當了醫生，果然，人從幼年到成熟，改變的實在不多。」我勉強擠出笑容，希望也能緩和氣氛。

「不過，當上醫生之後，才發現，怪醫黑傑克只是漫畫中的人物，我有種被欺騙的感覺。」社長淡淡的說，彷彿正在說著的是別人的事，而不是影響自己一生的事。

「這樣寫沒問題。」我將社長的遺囑遞還給他，然後，再從小腰包中拿出黑仔的遺囑，笑著對黑仔說：「這裡有些錯字，還有，字太醜了。」

黑仔也對我笑了笑，將遺囑收回了自己的口袋。

「大家重新謄寫完遺囑後，再交回來，我會把它們封在信封裡，放在我家門口的信箱中。」反正我孤家寡人一個，不會有人來掏我的信箱。

「機票我訂好了，大家要記得把護照準備好，才不會露餡。」畢竟，如果騙家人已經出國了，卻被發現護照還留在家裡，這是怎麼也說不過去的。

「希望醫院那邊的單位，我已經接洽好了，他們會多佣顧四位員工。」

四人點點頭，表示同意。

「乾杯吧！」社長這聲催飲的意思大家都懂，也許這是最後一次大家聚在一起，也許，之後只會剩下兩人或三人，更也許，之後我們無法再像現在這樣聚在一起了。

聚在一起的回歸者，一定總是哀怨的互訴著沒回來的人有多麼的幸運，抑或是，酸葡萄心理的細數著沒回來的人錯失了那些美好，又或者，回來的人絕口不提回不來的人。不管是那個狀況，都會令我們感到隔閡與尷尬吧！

也許，我們再也當不成朋友了。

變奏5

11月29日，星期四，我家，頂樓陽台。

我的房子是棟四層樓的建築，我家的後方因為都市計劃的關係，被列為「水利地」，是怎麼回事我並不清楚，總之，它不能被用來蓋房子就是了。所以，我家的後方是一片大大的低沼地，長滿了長草，下雨時會淹水，儼然成了一片沼澤。長草地的盡頭是台鐵的鐵軌，夜深人靜時，總會隱隱的聽到列車呼嘯而過的聲響。

又一輛列車呼嘯而過，我站在屋頂望著列車上的燈光照亮了周圍的一切，然後又瞬間黯淡下來。

想思考的時候，我喜歡站在這裡。

中南部的秋天不常下雨，但今天卻飄著毛毛細雨。

雨絲紛飛，有些落在我的髮上，有些落在我光赤著的腳背上，有些落在我單薄的球衣上，有些則落在最令我感到難以忍受的眼鏡鏡片上。

我是個怪人，車子再髒也沒有關係，但是擋風玻璃一定要光可鑑人、透明清亮。衣服再舊再破爛我也能穿，但眼鏡不止要俐落有型，鏡片更要隨時乾淨透亮，所以，一整天下來，我洗眼鏡的次數往往比洗臉還多上許多。

現在，我有點驚訝，自己竟然能無視雨絲的沾染，眼鏡上一點一點的水珠，越來越多。靠近牆角，在風的肆虐下我艱難的點了根煙。

心情煩亂的時候，我喜歡抽煙。

無關尼古丁，這比較像是一種儀式。

重重的吸了一口，吸了滿懷，然後，用力的吐出，搾乾肺中全部空氣般的傾吐。一道白煙從口中噴射而出，慢慢擴大所佔領的領空，像是一管白色的喇叭，被橫懸在半空中。看著口中吐出的白煙，總會覺得身體中那些憤懣不滿、難過沮喪、抑鬱寡歡，通通被這些細小的粒子一併帶出。這些微小的粒子，就像是一群活潑快樂的小天使，帶走了我心中的黑暗勢力。

社長說，深呼吸可以達到同樣的功效。

我試過，在用力吐氣的時候，我看不見看空氣，無法感受到負面的情緒的散失。

小白說，你這是依賴，藉由煙來轉變心情，是一種依賴。

我覺得他說得很對，但，在這個世界上，又有哪個人是可以完全獨立的呢？我們四個「同一掛」的好友，時常聚膩在一起，難道就不是一種依賴嗎？

也許我們本來就對生活有些不滿，但誰的生活能圓滿呢？也許聚在一起時我們會互相安慰，互相鼓勵，甚至有時會互相欺瞞，但我們從未想過要逃避。

那個十字金剛杵出現後，它介入生活後，我們一個一個變得軟弱了，先是社長，然後是我和小白，接著是黑仔。

好像生活中如果突然多了一個選擇，那選擇將不再是「選擇」，那會成了我們逃離原本生活的唯一出口。

有些人走向了自殺的出口，有些人走向拋棄身份的出口，有些人走向出世為僧尼的出口……難道生活的本身竟如此的不堪嗎？

還是，人總不懂得知足？總是有過多的慾望？

開口閉口總是「我想要……」「我想說……」「我想……」

很諷刺的是，我現在也很不知足。我想把這些分享給他們，我想阻止這場計劃，但是，他們聽得進我的話嗎？

還有，那神祕的五股十字金剛杵是否會有任何的「反應」呢？想到小白的火燒車事件和後火車站的高壓電筒爆炸事件，我，不禁有些膽寒。

變奏6

11月30日，星期五，下午4點，桃園中正國際機場，第一航廈。

剛下客運，我就看見他們了。他們對我揮手，我也只好對他們揮手。人很奇怪，明明就已看見彼此了，為何還要做揮手這多此一舉的動作？

小綺來送機了，眼眶略帶紅色血絲，想必是昨晚沒睡好吧，黑仔戴了支雷朋的太陽眼鏡，無從得知他眼睛的狀況。小白則是隻身一人，他正忙著和行李箱上的萬用鎖搏鬥。社長也是隻身一人。

我走向他們，卻看見社長正望向不遠處，我順著他的眼光望去，看見一名身著灰呢運動套裝的女子，正低著頭緩緩走著。那背影，好熟悉。

「嗯，沒想到她來送我了，我叫她別來的。」社長從喉頭擠出的滄桑，令人不忍卒聽。

「真宜？」我問。

「美娟呢？」我問。

「我也叫她別來。」社長喃喃。

都叫她們別來送機，美娟乖乖的不來，直宜不聽話的來了。但，不聽話的那個反而叫人感到溫暖吧！人啊，有時真的很矛盾。

愛與不愛？思念與不思念？重視與不重視？真宜與社長一開始相親時，彼此也許沒有任何的情感來電，但相處久了，難道不會產生任何的情感？有了外遇後，卻為了家庭、為了孩子而不離婚？還是摻雜了哪怕只是一丁點兒捨得中的不捨？或者，那情感更像是轉化後的友情陪伴，親情關心？

不管婚前或婚後，激情褪去時，從戀人變成家人，從朋友變成伴侶，人難道只是為了驅趕寂寞？如果妻子變成了家人，而此時，你又陷入了新戀情之中，外遇或離婚？或是壓抑自己的激情？

這一直是難解的習題。

「時間差不多了。」小白這話是對著小綺說的。

「嗯，到了要來電話。」小綺對著黑仔小聲的說，然後轉頭對著我們三人：

「幫我把他看緊點。」

我們三人無奈又心虛的點了點頭，畢竟，黑仔，她的丈夫，也有可能是不想回來的那個人，只要他狠得下心的話。

我們四人坐在廁所前的椅子上，枯等著時間經過，等著小綺的電話，小綺一上火車，就會給黑仔電話。真宜走了，小綺也走了，就不會有人發現我們沒上飛機了。

試想，經歷了這個月的17歲生活後，我們中有幾個會「消失」呢？社長一定會，而我一定不會，小白呢？黑仔呢？

黑仔發著呆，小白懶洋洋的滑動著手機，社長死盯著手上的醫學雜誌，而我則進行著我的嗜好，看妹。

等待，是最消耗心志的一種活動，尤其是什麼都不做的等待。當一個人什麼都不做的等待著一件事時，代表那件事一定極為重要，重要到你必須放下手中的一切，準備面對這件事，這樣你才會感到安心。

但是，你又偏偏無法安心，這麼重要的事在即，你又如何放心？所以，這種看似輕鬆的等待，實為全身進入一種高度張力的備戰狀態的等待，最消耗人的心神。

忽然，一陣低聲的笑語聲傳來，掩低的音調仍然無法濾去青春，春青無敵。循聲望去，四個青春活潑的大女孩，正開心的手拉著手，緊緊的。

「就這樣囉，下學期見。」看來是留學生吧。

我端詳著剩下的三個人，一個還在打著電話，另兩人已收起手機，看來是聯絡家人完畢了。

打電話的那人，遠看姿色頗佳，我開始欣賞。過肩的大波浪長髮，栗子髮色，穿著一件合身的白色T恤，外罩一件短版的牛件背心，下身是件踝上的薄紗長裙。透過更遠處航廈大門開開闔闔而斷續傳來的光線，薄紗裙下的結實美腿令我在心中輕聲的讚嘆了。

撥完電話的她，一邊和同伴聊天，一邊左右張望。遇到這種情形，我就不容易好好欣賞了，我轉而尋找別的物件，眼光逡巡。

咦！那個紗裙美女好像頻頻望向這裡，該不會發現我在偷偷的看她吧？這種背後有眼的女生，不在少數，我也常遇到。

她們就是會感到不安，感到有人從背後看著她們。通常遇到這種情況，直視著她們，等到與她們的視線接觸時，我會禮貌的點頭，這算是一種亡羊補牢的禮貌吧！告訴她，你今天很美，我移不開眼光。知道是誰在偷看後，她們大多會放下不安。

咦？她朝我走了過來！我轉頭看了一下後方，沒有人，回過身，發現她是筆直的朝我而來的，我再轉頭，發現廁所就在我的後方，我失笑了。幹嘛自己嚇自己，不過是多看了她兩眼，會被怎麼樣呢？

「老師。」一道低沉的女聲。

「嗯？什麼事？」我反射性的回答，當老師的職業病，在學校裡，每天被聽到數十次這樣的徵詢，該收多少班費，穿錯制服的人該如何辦等等。

回過頭來，回過神來，我發覺自己並不在學校內。我吃驚的抬頭，黑仔、小白、社長也是。

一抬頭，我就看見了那個紗裙美女。近看，她不是那種極品的美女，但白白淨淨，活力十足。

「國文老師？對吧，好巧，我是小貓，記得嗎？你的小老師啊！6班的。」一口氣給出一堆資訊，我拼湊，然後輕鬆的搜尋成功。

有的學生喜歡挑戰老師，一出現在老師面前就笑，奸笑，一副「老師你也記不住我吧」的神情。有的學生喜歡考老師，開口就是「你還記得我嗎」，言下之意就是「老師你該不會忘記那麼特別的我吧」。其實，老師大多喜歡第三種學生，樸實的、謙遜的、低調的，一見到老師就乖乖的報上自己的姓名，提供線索給老師，努力找尋那段共同陪伴的回憶。

這女孩，我怎麼會記不得她呢？只是她外表改變太多，而我又沒想到會在這裡遇到熟人。當了整整三年的國文小老師，幫了我那麼多，怎麼能忘？

「兩年了，兩年不見，變得好不一樣，好漂亮。」我說，我從來不吝惜給美麗的女性讚美。

「嗯，我出國讀設計了，都26歲了，還在讀書，很好笑吧？」小貓怯怯的說。

「咦？你不是讀化工的嗎？你之前的工作呢？」

「實際工作了才知道，興趣不在那裡。對了，上次給你的保養品用得習慣嗎？離職後，我和同事們都還有聯絡，她們常會把一些美妝試用品給我，還有一些男生專用的，我再拿到學校給你好不好？」小貓熱切的說。

「原來，你房間架上的那些『娘貨』是小妹給的。」黑仔忍住笑。

「我就說不是我買的了。」我說無數次了，他們就是不相信。我轉頭接著說：「不好意思，這三人是我的死黨，我們四人準備遠行。」

「遠行？多久啊？」

「大約一個月吧。」

「那麼久啊！一個月後我又要回學校了。不過我再一年就唸完了，回來後我再找你吃飯。」小貓的手機在此時響起。

「當然好啊！」我說。

「老師，謝謝你的幫忙，我才能成功的放下上一個工作。」小貓向我鞠了個躬，拉起行李箱，準備離開。

「我？」

「是啊，上次回學校找你聊天，你問我：『工作快樂嗎？』我答不上來，你還告訴我薪水不一定是第一考量。」小貓笑著說。

她笑著向我揮揮手，拉著頗有歷史的行李箱離開了。

我看向其他三人，發現他們也正看著我。

我想這應該是最後的機會了。他們是我的好朋友嗎？答案是肯定的。那麼，我該阻止他們？還是成全他們？

如果重頭來過，人生會變得比較好嗎？還是，人生就因為有失敗、有挫折，所以才變得美好？

或者應該這樣說，人從失敗和挫折中體驗到人生的美好。人從失敗和挫折中學會如何使自己的人生美好、讓自己的人生更圓滿。

誰能擁有美好圓滿的人生？一定是那個能轉換心境、提升心靈力量的人，陶淵明的「心遠地自偏」，范仲淹的「不以物喜，不以己悲」，李白的「舉杯邀明月」，蘇軾的「莫聽穿林打葉聲，何妨吟嘯且徐行」。

一個人是否快樂，不在於他擁有什麼，而在於他怎樣看待自己的擁有。

「我不想去。」我鼓起勇氣。

他們當然明白我說的是去「哪裡」。

「可是，我不想你們是因為我不去，你們才去不成的。我可以陪你們去。但，我怕你們會後悔，不去，有可能會後悔，去了，也有可能會後悔。」我盡量試著讓語氣堅定。

三人不說話。

「同樣的麥卡倫威士忌12年，放了十年，價錢會漲多少倍？二十年呢？時間的流逝換來的是什麼？早就知道這道理的人，買了酒，十年後，等著財富翻倍。用比較貴的價錢從別人手中買來酒的人，終會知道這個道理，而且會了解得更深刻。」

他們三人還是不說話，定定的看著我，我有點慌了。

「我們付出了時間，就想要獲得些什麼，然而獲得的就真的是我們所擁有的嗎？人生不能重來，所以每個決定每個片刻都是那麼的重要，因為重要，所以每個決定每個片刻都是那麼的令人不安。」

一陣國台語交雜的談話從遠處傳來，是一團「夕陽紅」，團員大多滿頭銀髮，但那笑聲的爽朗與豪邁與小伙子們相比是絲毫不遜色的。

終章

重回17歲，是什麼感覺呢？

我可以分享喔，因為我又重回17歲了，整整一個月。

有研究報告指出，有時3歲兒童對外在新奇世界的一分鐘體驗，可以勝過成人一整年的份量。

重新回到17歲的感覺，很特別，用不同的觀點來看待這世界，周遭的一切都變得如此新奇，每一件事物都能更有趣。胸腔中的熱血是越激盪越滿溢，活力也源源不絕的湧現，我過了不可思議的一個月。

現在，到了這個月的尾聲了，心中有點不捨，卻又很滿足。

我們並沒有使用五股十字金剛杵的法力，或者，應該說，我們依然不知道它是否真的有法力。

那天在機場，我們一致決定，不用五股十字金剛杵。

那麼，已經安排好的一個月的時間呢？

最終，四人上了飛機，來到這裡，斯里蘭卡，社長所策畫的希望醫院的所在地。

我們恰好趕上第一個階段的灌漿工程。

白天，挑磚、挖地、抹牆、綁鋼筋……

晚上，規劃醫院運作流程、醫療設備、經費運用……

對40歲的我們來說，這是何等勞苦的日子。雖然四肢一天一天的疲軟乏力，心卻每日每日的活潑雀躍。

每天5點起床，6點上工，作息自動就規律了起來，從鐵皮屋內搭蚊帳的地板上起身、盥洗、吃早餐，看著周圍人煙稀少的鄉村景色，一天總在這樣的氣氛下開始。

然後，附近的村民們會慢慢的聚集過來，老人家都一旁觀看，打發著時間；小孩則會在一旁玩耍。我們的一舉一動，在他們眼裡都成了新奇無比的高超技藝。有勞動能力的村民們會主動要求幫忙，所以，每個對我們來說再理所當然不過的小動作，對他們來說都是新鮮而且神奇的。過程中，發掘很多當地的人才，他們學得很快，因為，他們求知若渴；因為，這些技藝將可以讓他們養家糊口，甚至是大大的改善生活境況。

高中畢業，進大學前的那個暑假，我曾跟著開水電行的舅舅工作了兩個月，那些基礎的拉線牽管，到現在我竟然還沒有忘記。

電燈亮了，他們歡呼鼓掌。水籠頭流出水來了，他們歡呼鼓掌。醫療器具及設備運到了，他們歡呼鼓掌。

如果看到社長突然停下手邊工作，這代表有人受傷了。所幸，傷勢都不大，每次完成傷口的護理時，社長臉上的燦爛耀眼得令人無法直視。

小白更是賣力，不再在意髮型亂了、衣服髒了，連臉上乾淨的時候都不多。

黑仔強壯的體魄也發揮得淋漓盡致，每當他搬起超乎常人想像的重物時，總能引來旁人的注目，雖然，我總在夜深時看到他自己捏著胳膊、搥著腿、揉著腰。

晚上，鐵皮屋是村中少數有燈光的地方。台灣來的10名志工，加上我們四人，總會聚在屋外的小空地上聊天，當地的工人和村民也會圍聚過來。有一句沒一句的聊著，有時是英語，有時是當地方言，有時是國語，反正，有人說就有人聽，不管大家聽得懂還是聽不懂。

這個月好充實，我們都像回到了17歲那年。

有一天晚上，黑仔談到她大女兒的男朋友，他挑剔的說著，說那個「小屁孩」對長輩愛理不理的，沒有氣質，還自稱熱愛音樂的玩著樂團。聽完我們都笑了，笑得停不下來。黑仔一直追問我們在笑什麼，小白上氣不接下氣的告訴他，那個「小屁孩」根本就是黑仔的翻版。黑仔的臉色，又是好氣，又是好笑，我一輩子都忘不了他那時的表情。

我們學到了兩點，一是「伊底帕斯情結」的影響力，另一是人總是對自己有著某種程度上的不認同。

有一天晚上，小白看著當地小朋友那充滿生命力的模樣，他說，回台灣後他想要領養一個小孩，聽了，老淚就這樣悄悄的爬滿了四人的臉龐。社長和黑仔分享了不少育兒的苦與樂，令我感到驚訝的是，不管育兒是苦或是樂，在時間的醞釀發酵後，竟然全變成甘甜。那怕是皺著眉頭說出來的慘痛經歷，嘴角卻浮現淡淡的微笑。

在這彷彿大隊接力賽跑的宇宙遞嬗中，人的一生只是其中一個棒次，接過棒子，然後遞出棒子。人從小不斷的得到、學習、被照顧，漸漸轉為付出、教導、照顧。人在這樣的過程中變得更圓滿，更完整。

「養兒方知父母恩。」這句古老的俗諺只能稍稍揭示這個道理的冰山一角，終究，在你自己也有了小孩後，你才能潛下海面，一探冰山全貌。看見小白充滿期待的表情，我心中也更著喜悅起來。

有一天晚上，社長說，他想離婚，放下現在的職位，在台灣的偏鄉和世界上醫療資源饋乏的地方多蓋幾間這樣的醫院。

他還可以利用閒遐練習攝影、享受攝影。讓照片說話，將這些需要光亮的角落傳遞出去，以取得更多的關懷與協助。

社長變勇敢了，能對自己忠實。負責任的將孩子扶養長大，妻子成了親人，然後，試著去體驗發展新的戀情。

從一而終很難，所以總是被傳而美談。但，人生的選擇太多，誰能從茫茫人海中選中一個對的人，一生相伴、一生戀愛卻又一生激情呢？這樣的上天寵兒實在太少了吧！

我呢？應該算是吧！未婚妻是我的初戀，從相識到訂婚，我們相處了10年，那是幸福又激情的10年，我本以會一輩子如此，30歲那年，結婚前夕，上天卻對我另有安排。後來的這10年，對已逝的未婚妻忠實，雖搏得了不少的讚美和敬嘆，對自己卻一點也不忠實。

我下定決心，回台灣後，不再讓抽屜中的那張杯墊瑟縮的蜷曲在陰冷的角落，我一定要將杯墊上那成列的10個數字輸入手機，那串能串連我與它的主人的數字，將會是把鑰匙，開啟我對自己忠實的那道窄門。

有一天晚上，在大家的慫恿下，我決定把這次的希望醫院工程的體驗記錄下來，放在網路上，讓更多人能分享如此美好的經歷。希望能有更多人來加入這樣的行列。

人生是由許多的選擇所組成的。在面臨選擇時，風險考量顯得格外重要。無論你選了風險多麼小的選項，風險依然存在，如同虎視眈眈的餓狼，遠遠的跟在獵物的身後，等著你疏忽，等著你脆弱。

面對選擇，永遠不要把風險當成第一考量，這是過來人的心聲。風險低的坦途不見得沒有突發的危難，路途也總是枯燥無味且駢肩雜遝；風險高的蜿蜒山路，雖然崎嶇難行，沿途常開滿驚奇與變化的奇花卉。

選擇你真正想要的，就算後悔，至少也曾盡全力拼鬥過。

回台灣的前一天晚上，我們四人找來了難得的啤酒，弄了些下酒小菜。

想想這兩個多月來的經歷，我們看著擺在桌上的十字五股金剛杵，它似乎已經失去初見時那懾人的光澤。但這金剛杵竟真似有魔力般的讓我們體驗了「十法」，修行十法的苦與樂。

我們一定會在謹慎的考量後，將它交接給下一個真正需要的人。

金剛杵是否有魔力？下一組人也能得到啟發？

我們不知道。唯一能肯定的是，我們相信人性，相信人在深刻的體認與思考後，一定會找到安身立命的正途。

什麼？你覺得有點失望？十字金剛杵是否真的賦有法力？

當世界充斥著光怪陸離的魔法巫術時，更能顯現出真正的力量來自於人純淨的內心。

我覺得，宗教的真正奇蹟，在於安定人心。人的心原本就有強大的力量，只要能撥除覆在心上的種種障蔽，貪念、慾求、不安、徬徨、恐懼之類的，心的強大能量就會在必要的時候顯現。

讀了那麼久的論語，教了那麼多年的至聖孔子與亞聖孟子的語錄，在最後的這個月中，我才稍稍的窺探了其中的境界。

在透析所有的怪力亂神、焚香膜拜、法會儀式後，人心的強大，才能真正的顯露出來。

這兩個多月的經歷，難道不比小說故事精采嗎？至少比我自己所寫的小說精采多了。

所以，我把它忠實的記錄下來，呈現給大家。

要小說01　PG1121

要有光 FIAT LUX

回到17歲
——命運、青春與勇氣的相遇

作　　者　曾依達
責任編輯　林千惠
圖文排版　詹凱倫
封面設計　陳佩蓉

出版策劃　要有光
製作發行　秀威資訊科技股份有限公司
114 台北市內湖區瑞光路76巷65號1樓
電話：+886-2-2796-3638　傳真：+886-2-2796-1377
服務信箱：service@showwe.com.tw
http://www.showwe.com.tw
郵政劃撥　19563868　戶名：秀威資訊科技股份有限公司
展售門市　國家書店【松江門市】
104 台北市中山區松江路209號1樓
電話：+886-2-2518-0207　傳真：+886-2-2518-0778
網路訂購　秀威網路書店：http://www.bodbooks.com.tw
國家網路書店：http://www.govbooks.com.tw
法律顧問　毛國樑　律師
總 經 銷　易可數位行銷股份有限公司
地址：231新北市新店區寶橋路235巷6弄3號5樓
電話：+886-2-8911-0825　傳真：+886-2-8911-0801
e-mail：book-info@ecorebooks.com
易可部落格：http://ecorebooks.pixnet.net/blog

出版日期　2014年5月　BOD一版
定　　價　250元

Printed in Taiwan

國家圖書館出版品預行編目

回到17歲：命運、青春與勇氣的相遇 / 曾依達著.
-- 一版. -- 臺北市：要有光, 2014.05
面； 公分
ISBN 978-986-90474-0-1 (平裝)

857.7 103003352

讀者回函卡

感謝您購買本書，為提升服務品質，請填妥以下資料，將讀者回函卡直接寄回或傳真本公司，收到您的寶貴意見後，我們會收藏記錄及檢討，謝謝！

如您需要了解本公司最新出版書目、購書優惠或企劃活動，歡迎您上網查詢或下載相關資料：http:// www.showwe.com.tw

您購買的書名：________________________________

出生日期：________年________月________日

學歷：□高中（含）以下　□大專　□研究所（含）以上

職業：□製造業　□金融業　□資訊業　□軍警　□傳播業　□自由業

□服務業　□公務員　□教職　□學生　□家管　□其它____

購書地點：□網路書店　□實體書店　□書展　□郵購　□贈閱　□其他

您從何得知本書的消息？

□網路書店　□實體書店　□網路搜尋　□電子報　□書訊　□雜誌

□傳播媒體　□親友推薦　□網站推薦　□部落格　□其他________

您對本書的評價：（請填代號　1.非常滿意　2.滿意　3.尚可　4.再改進）

封面設計____　版面編排____　內容____　文／譯筆____　價格____

讀完書後您覺得：

□很有收穫　□有收穫　□收穫不多　□沒收穫

對我們的建議：________________________________

____

____

____

請貼
郵票

11466
台北市内湖區瑞光路 76 巷 65 號 1 樓

秀威資訊科技股份有限公司 收

BOD 數位出版事業部

(請沿線對折寄回，謝謝！)

姓　　名：________________　年齡：________　性別：□女　□男

郵遞區號：□□□□□

地　　址：____

聯絡電話：(日)________________(夜)________________

E-mail：____